KB142763

중력을 달래는 사람

휘민

중력을 달래는 사람

시인의 말

한 사람이 지나간 뒤에야 나는
그의 눈빛을 기억해내려 애썼다

순간의 현재성으로부터 매번 미끄러지던 어리석은 질문들

삶이라는 생생한 현재에 닿지 못한 채 나는
뒤늦은 변명처럼 원문에도 없는 주석을 달고 있었구나

네 줄의 찰현악기로 아르페지오네의 선율을 복원하려는
음악가처럼

금이 간 거울에 나를 비추며
끝내 미완으로 남을 고통의 노래를 부르고 있었구나

2023년 늦가을
휘민

중력을 달래는 사람

차례

2부 겨울 다음에 오는 것

3부 코끼리에게

4부 얼굴 없는 당신들 앞에서

5부 아름다운 오만

해설

1부

수목한계선

손쓸 수 없는 아름다움

장마로 흙탕물에 휩쓸렸던 백합들이
쓰레기가 뒤엉킨 덤불 속에서
시든 꽃술을 흔들고 있었다

개는 킁킁거리며 제 목줄을 잡아당기고
나는 무너진 화단 앞을 서성이고 있었다

(그사이 늙은 개를 태운 유모차가 지나갔다
플래시를 깜박이며 자전거 몇 대가 지나갔다)

어둠 속에서
진흙을 뒤집어쓴 꽃의 얼굴로
슬픔이 내게 물었다

너는 취하지 않고 살 수 있니?

그 순간 나는 입술을 깨물었고
군락을 이룬 멸치들이 소나기처럼 몰려왔다

가만히 손을 뻗어 사선으로 기울어지는
미끄러운 슬픔의 뼈대를 더듬어 보았다

(그사이 백합들은 제 목을 비틀어 마지막 향기를 토
해내고 있었다)

아름다웠다

내가 오랫동안 응시했던
빈 페이지의 적요를 넘기려는 듯
개의 목줄이 다시 팽팽해졌다

어느새 흰빛은 사라지고
손바닥엔 물비린내만 남았다

평일의 슬픔

핼리혜성이 마지막으로 관측된 해는 1986년이었고
그해는 수요일로 시작하는 평년이었다.
다시 핼리혜성을 관측할 수 있는 해는 2061년이고
그해는 토요일로 시작하는 평년이다.

스피커에서 관리소장의 다급한 목소리가 울려 퍼
졌다
맨발에 슬리퍼를 끌고 지갑을 움켜쥐고 강아지를
끌어안고 불안한 얼굴들이 집 밖으로 뛰쳐나왔다

소방관이 빠루를 들고 불난 집의 창문을 부수었다
아파트 난간을 타고 검은 구름이 솟아올랐다

한 사람이 들것에 실려 창문을 넘어왔다
불구경하던 얼굴들이 수런거리기 시작했다

초등학교에 다니는 남학생일 거라 했다
아이가 둘이라던데 왜 한 명만 있느냐고 했다
일 층인데 왜 집이 전소되도록 못 나왔냐고 했다

심폐소생술이 끝나고 한 사람이 구급차에 실렸다
몸집에 비해 유난히 작고 하얀 발이
사이렌 소리와 함께 이웃들의 시야에서 사라져
갔다

8시 뉴스에서 불탄 집의 내부를 보여 주었다
베란다에서 숨진 채 발견된 사람은
발달장애가 있는 열다섯 살 소년이라고 했다

코끝에 남은 화독내가 식탁을 흔드는 저녁
TV를 바라보던 눈동자들이 새로 생긴 분화구를 탐
사하듯
일제히… 검은… 뚝배기… 속에서… 달그락거렸
다…

불운의 꼬리를 잘라내려는 듯
입천장이 벗겨지는 줄도 모르고
뜨거운 국물을 연신 입속에 퍼 넣었다

그 순간, 누구도 우주의 크기를 궁금해하지 않았다

호랑가시나무를 생각하는 밤

창문을 닫아걸어도 바람 소리가 들린다
가시를 품은 잎들이 한꺼번에 휘어지는 듯하다

문밖에 서성이는 사람이 있다는 것일까
그러나 나는 여러 번 떠나온 사람

문과 바닥 사이
삼십 센티미터 자가 납작 엎드려야
겨우 들어갈 만한 틈

모눈을 세워 가늠해 보지만
첫눈을 몰고 온 바람의 두께를 나는 알지 못한다

문을 열고 거실로 나서면 잠잠한데
문을 닫고 있으면 들리는 바람의 기척

언젠가 내가 야멸차게 잘라내고 온
인연 한 자락

지금 어느 문간에서 울고 있다는 듯

내가 심연을 들여다보면
온몸이 검은 눈동자인 심연도
외눈으로 나를 들여다보고 있을 것 같은 밤*

불을 끄고 그림자를 벗어 보지만
젖은 마음을 쉬게 할 곳 마땅치 않다

누구도 밟은 적 없는 흰 어둠만
사르륵사르륵 창문으로 들이치는

성탄 전야

* 니체, "우리가 그 심연을 오랫동안 들여다본다면, 심연 또한
우리를 들여다보게 될 것이다."의 변용.

무심천

온종일 천변을 서성이다가
저물녘 물속에서 어둑한
돌 하나 꺼내 든다

언젠가 놓아준 자라를 닮았다
그 사이 너는 단단해지고
내 등은 뾰족해졌구나

어제는 자주 가던 식당을 지나치다가
[폐업 개인 사정]을 보았다
  더 이상, 이라는 말, 고통의 임계점에서, 등줄기에
솟아난, 철조망 같은,

마스크 속에서 한 시대가 지워져도
세상의 슬픔은 모두 개인 사정
간절히 손을 내밀어도
번번이 놓쳐 버리는 믿음이 있다

누구일까
젖은 나무토막 같은 생을
또다시 물가에 풀어 놓은 이는

개흙을 삼킨 울음이 물수제비뜨듯 고요한 수면을
건너간다
빈주먹을 움켜쥔 하루가 긴 목을 빼들고 내 곁을 지
나간다

그날처럼 나는

하심에 닿지 못하고
어둑해진 마음 기슭에는
그림자 지운 별 하나 귀갑처럼 돋아나고

헬리콥터

간절함의 끝을 붙잡고 있었다고 생각했는데
운명은 번번이 예상치 못한 샛길로 방향을 튼다
자일인 줄 알았는데 내가 절벽 끝에 걸어 둔 것은
불안의 사슬이었나

올라가기에는 정상이 아득하고
방향을 틀어 내려오는 건 더 까마득하다

형부가 골수 이식을 위해 입원한 뒤
언니는 휴가 내내 로봇청소기처럼
집 안을 돌며 청소만 했다

벚나무 고목들이 늘어선
중랑천 제방 벤치에 앉아 언니와 내가
말없이 바라보는 용마산의 푸른 능선

아까부터 헬기 한 대가 절개지 근처를 맴돌고 있다

그는 산을 오르는 중이었을까
산에서 내려오는 중이었을까

목적격 조사와 처소격 조사
사이에 걸린
뜨거운 목숨 하나

백미러 없는 헬리콥터에 실려 날아온다

매미들의 울음소리 점점 커지고
로봇청소기는 문지방에 걸려 윙윙거리고

한로

벌이 연꽃 속으로 들어가는 걸 보다가
눈 한 번 깜박였는데

꽃이 지고 있었다

꽃이 저문 자리에서 씨앗이 움트고
바람 몇 번 살랑이나 싶었는데

당신이 지고 없었다

진흙 속에서도 까치발 세워
연자를 하늘로 하늘로 밀어 올리던

당신

염천의 저녁 다 건너
지금쯤 도리천에 닿았을까

대답은 들리지 않고

벌이 날아간 둥근 잎사귀에
찬 이슬이 맺힌다

수목한계선

우리는 숲으로 갔다
없는 주머니를 그리워하면서

―여기 어디쯤 아니었니?
　그때 우리가 이곳에
　크리스마스트리를 심었잖아.

나뭇잎들이 허공을 움켜쥔 채 오그라들고 있었다
태양은 더 뜨거워졌다

산 중턱에 이르자 나뭇가지들이 일제히 북쪽으로
쏠려 있었다
앞으로나란히를 한 채 단체로 벌을 받는 것 같았다
우리는 잠시 그 모습을 바라보며 생각에 잠겼다

―해마다 크리스마스를 기다렸지만
　산타 할아버지는 끝내 오시지 않았어.
　우리에겐 크리스마스트리가 없었으니까.

더 이상 갈증을 참을 수 없을 때 우리는 어른이 되
었다
그사이 태양은 더 뜨거워졌다

정상 부근에는 뿌리 뽑힌 나무들이 누워 있었다
산빛이 온통 죄의 빛으로 흔들리고 있었다
우리의 발자국이 찍힌 초록의 길들은 어느새 지워
지고 없었다
발등이 부은 침엽의 시간이 다가오고 있었다

─아무도 구하러 오지 않을 거야.
  우리는 해수면으로부터 너무 멀리 떨어져 있거든.
  주머니가 있었다면 빵 조각이라도 넣어 왔을 텐
데…….

우리가 찾으려 했던 나무의 이름이 기억나지 않았다
그사이 태양은 더 뜨거워졌다

입을 다물고 있어도 목이 말랐다

송곳처럼 뾰족해진 별들이 마른 목구멍에 박히는
밤이었다

조난의 시간이 길어지고 있었다

숲에 있는 동안 우리는 같은 꿈을 꾸었다

스스로 자신의 부고를 발송하는 꿈이었다

스크래치

뉴스를 보지 않던 며칠 동안 두 개의 태풍이 지나갔다 청색 테이프가 붙어 있는 창문은 멀쩡했지만 비가 올 때마다 작은방 벽에서 물이 흘러내렸다 빗물은 엑스자가 그려진 창문을 슬그머니 타고 들어와 고양이 오줌처럼 방바닥을 적셨다 식구들은 장판을 뒤집어 놓고 돌아가며 불침번을 섰다 모두 빗소리에 예민해졌다 차라리 천장에서 비가 새면 좋겠어 그럼 양동이를 받쳐 놓으면 될 텐데 사춘기에 접어든 막내가 투덜거렸다

그 사이 목이 늘어난 아버지의 러닝과 더 이상 머리가 들어가지 않는 둘째의 면티가 작은방 창문 아래서 만났다 그래도 안방에서는 비를 피할 수 있으니 얼마나 다행이니 하느님의 은총이다 손목보호대를 한 엄마가 말했다 주일마다 마스크를 쓰고 교회로 향하는 엄마는 낙천과 무심 그 사이를 살고 있었다

뉴스를 보지 않으니 세상이 점점 작아졌다

거리도 자동차도 눈에 보이는 것보다 멀리 있었다
아이들은 모두 어디로 사라졌을까
놀이터에는 과자 부스러기를 찾는 시궁쥐만 드나
들었다

그사이 나는 소설 합평을 하러 안산에 다녀왔다 마
스크 너머로 서로의 눈빛을 읽어낼 수 있었지만 불안
은 등단이라는 벽 앞에 선 우리의 언어에 있었다 나의
플롯은 갈기갈기 찢겼다 개연성이 부족하다고 했다
확실하지는 않지만 그런 것도 같았다 집으로 돌아오
는 길 중앙역에서 장미꽃을 보았다 콧김으로 눅눅해
진 마스크를 벗고 장미를 잠시 바라보았다 그 후 2주
넘게 미열과 기침이 끊이지 않았다 잠복기를 계산하
며 며칠은 마스크를 써 봤지만 격리가 불가능한 집이
었다

이미 지나갔는지 모른다
불현듯 이런 생각이 들었을 때는 어느새 가을이었다

친구가 중앙역에서 찍은 장미 사진을 보내 주었다
그것은 시들어 가는 흰빛이었지만 친구는 하얀색
장미라고 명랑하게 말했다
확실하지는 않지만 그런 것도 같았다
더 이상 불안하지 않았다
추상과 싸우기 위해 추상을 약간 닮기로 했다*

추분에는 작은방 창문의 청색 테이프를 뜯었다
점성을 잃어버린 불안의 오라기가 뚝뚝 끊어져 내
렸다
의자 위에서 뒤꿈치를 들고 한참 동안 창문을 마주
보았다
한때는 봄빛이었던 색깔을 커터날로 긁어냈다

칼날 몇 조각이 부러졌고
창문에는 엑스자 무늬 두 개가 남았다

* 알베르 카뮈, 『페스트』에서 차용.

라이브 플러킹*

한밤중 인적 없는 빗속을 달리다가
무언가와 부딪쳤다
에어백이 터졌고 나는 속이 울렁거렸다
문을 열 수 없었다
손가락 하나 움직일 수 없었다

여보세요 거기 누구 없어요?
여기 사람 있어요!

목소리가 나오지 않았다
룸미러에 피 한 방울 흘리지 못하고
고통 속에서 신음하는 짐승이 스쳤다

어느새 빗줄기는 잦아들었지만
와이퍼는 최고 속도로 사고를 지우고 있었다

그날의 악몽 이후 같은 꿈이 반복되었다

미러 속에 갇힌 생
눈을 뜨면 더 독한 지옥일까 봐
눈을 감은 채 밤새도록 머리카락을 뽑았다

귀울음이 되어 달라붙는 불길한 기척들
그날처럼—에어백이 터지고, 와이퍼가 끽끽거리
고, 무언가 뒤뚱거리고, 잉잉거리며—내 잠 속을 찾아
오는 짐승들

누군가 내 목을 비틀기 전에 내가 나를 죽일 수 있
을까
마침내 죽음은 나를 구원할 수 있을까

죽음을 연기하기 위해
심장을 속이는 법을 배워야 할 시간

새의 깃털을 덮고 잠이 들었다
이번 생은 누가 꾸고 있는 악몽일까

* Live Plucking. 살아 있는 동물의 가죽과 털을 마취 없이 마구
잡이로 뜯어내는 것.

삭朔
—시절인연

유리잔 속에 담긴
수많은 탄식과 비명

어떤 목소리는
깨진 유리잔의 공명이 되고

어떤 목소리는
유리잔이 깨지는 순간 움츠러드는
고통의 맥놀이로 마음에 새겨진다

내일을 먼저 보고 온 자의
불안일까

어제를 잊으려는 자의
고투일까

아홉 번의 겨울을 함께 살고도
데면데면하던 우리는

제 가슴을 치며 실컷 울고 나서야
서로를 바라볼 수 있었다

지켜보는 달빛이 없어
울기 좋은 밤이다

어머니와 개와 쥐가 있는 잠포록한 보름치의 풍경 안에서

고향집 낡은 처마 아래서 전화기 소리에 귀를 열어둔 어머니가 마당가에 내려앉은 살 오른 햇귀를 물끄러미 바라보다가 슴벅슴벅 나른한 졸음을 훔칠 때, 뒷산 졸참나무 그늘로부터 여름이 왔다

사람의 발소리가 그리운 대문가의 개가 초저녁부터 검고 초롱초롱한 눈망울로 개밥바라기와 초승달 사이 그 아득한 거리를 어림할 때 문득, 가을이 왔다

이내가 깔릴 무렵 재넘이에 쫓겨 금방이라도 어둠을 쏟아낼 듯한 구름이 어머니의 때죽나무 같은 다리에 내려앉아 다급히 별들의 안부를 전할 때, 성큼성큼 겨울의 발자국이 다가왔다

어머니가 현관 앞 계단에 나와 있는 동안 사랑채의 쥐들은 고향집에 깃든 온기와 기억들을 야금야금 쏠아댔고 문짝 떨어진 장롱 속 솜이불은 어린 쥐들에게 솔개그늘 같은 안식을 내주었다

고향집 현관 앞의 어머니도 대문가의 개도 사랑채 장롱 속의 쥐들도 그 집을 떠날 수 있었으나 그해 겨울, 아무도 고향집의 기울어진 운율을 외면하지 않았다 어머니와 개와 쥐가 있는 잠포록한 보름치의 풍경 안에서 새하얀 눈발은 그들의 머리에, 이마에, 어깨에, 발치에, 어루숭어루숭 떨어지고 있었다

다시, 봄

입안이 터져라 밥알을 밀어 넣으면

침을 삼키기 전에 목젖부터 젖는다

젓가락 끝으로 골라내는

노란 쌀눈 속 너의 체온

어디에 박혔는지 알 수 없는 혀뿌리로

지상에서 사라진 네 흔적을 끌어모은다

밥상 위에 빈 배 한 척

홀연히 남겨 둔 채 떠나 버린 너

사정없이 꽉 깨문 이빨이 남긴

붉은 인연의 녹

돌연히 마주친 피의 맛을

혀는 기억하고 있다

살아 있는 동안

당신은 명치끝에서
시작되어 동공 속에서 끝나는 노래였지

한없이 들이쉬기만 하는 호흡
끝내 내뱉지 못해 쇄골절흔에서
들썩이고만 있던 입술의 리듬이었지

언젠가 당신의 어깨에 팬 마른 우물에
별빛이 고이기를 기다린 적이 있었지
가 보지 못한 먼 시간을 응시하면서

그날 나의 마음은
거미줄이 완성되는 순간 급하게 몸을 숨기는
허공에 매달린 다리 많은 동물의 심장이었지

내가 바닥에 누워 당신을 생각할 때만
오랜 잠의 주술에서 풀려나
생시처럼 나를 만나러 오는 당신

골목 없는 들판에서도 나를 헤매게 하는
세피아빛 발자국 소리

당신은 알고 있을까
당신이 나를 등지고 떠나갈 때
차마 당신의 심장만은 보낼 수 없어
흙 묻은 심장을 직박구리와 참새 몰래
내 등골에 묻어 둔 것을

내가 당신을 그리워하는 것이 아니지
나를 그리워하는 당신 심장의 두근거림으로
오늘도 내가 살아 있으니

무릇

당신은 그늘을 상상할 수 없는 오름이었고
나는 저만치 돌아앉아 우는 이름 없는 내일이었다

닿을 수 없는 하늘이었다
밤새 베끼고 베낀 달빛의 마음이었다

그러나 무릎 꿇고 간절히 기도해도
믿음은 얼마나 쉽게 무너지는가

언제 올지 모를 사랑을 위해
오늘은 부서진 빛으로 반죽한
눈동자 하나를 어둠 속에 묻어 둔다

밤마다 베개가 높아지는
사이

붉은 꽃이 피었다

진다

매향리 바다

만삭의 어미는 오늘도 갯벌에서 굴을 따네
봄이 오면 태어날 아이 생각에
귀청을 찢는 폭격 소리에도 자꾸 웃음이 나네

아이는 어미의 배 속에서
전생의 기억을 손바닥에 새기네
매향리 바다에서 여덟 달을 사네

사격장이 사라진 지 십수 년
물때를 놓친 아이는 뭍으로 나오지 못하고
어미는 붉은 포탄에 달라붙은
만삭의 세월을 따네
그 포탄에 제 숨이 끊어진 줄도 모르고

2부

겨울 다음에 오는 것

나를 지켜보는 나

1

평일 아침에 나는 목이 길고 점잖은 초식동물 앞에
서 있다
[그물무늬기린 멸종 취약종]이라는 안내문을 읽으며

아이는 가늘고 긴 다리로
붉은 춤사위를 시작하는 플라밍고들을 바라보며
외발 서기를 반복한다

홀린 듯이

당신은 시작을 말했지만 끝을 말하지 않는 사람
나는 대답 없는 당신의 손끝을 어둠 속에서 응시한다

어는점과 녹는점이 같은 온도라면
영도로 낮아진 마음은
액체와 고체 중 어느 쪽에 더 가까운 것일까

한때 나를 정지시켰던 편파적인 시간과
비등점을 향해 들끓던 우리의 미래는

당신을 이해하고 싶었다 당신에게 가장 설득력 있는
해답을 보여 주고 싶었다 그러나 관점을 바꾸어도 진심
이 잡히지 않는다면 나는 화자이길 포기해야 할까 사육
사의 신호에 맞춰 이동하는 저 새들은 왜 그물도 없는
하늘을 훨훨 날아가지 못할까

2
아이가 다가가자 공작이 갑자기 깃털을 펼친다
미러볼처럼 반짝이는 아르고스의 눈

깜짝 놀란 아이가 외친다
엄마, 깃털부엉장이에요! 깃털부엉장!

미처 새의 이름을 알려 주기도 전에 아이는
이제껏 내 본 적 없는 가장 큰 목소리로

자기만의 세계를 창조한다

어쩌면 공작은 깃털이 풍성한 부엉이여도 좋을 것이
다 앙증맞은 목소리로 촐싹대는 피콕이어도 좋을 것이
다 당신을 이해하지 못해도 괜찮을 것이다 사랑이 지운
시간은 언젠가 권태라는 이름으로 복기될 테니

저 새는 나를 위협하는 것일까 유혹하는 것일까

홀로그램 위에 펼쳐진 백 개의 눈동자
나를 지켜보는 수많은 나들이 있다

신분당선

급행열차를 탄다
기관사가 없어도 문이 열리고 닫힌다
맨 앞칸으로 가면
어둠 속을 질주하는 불빛을 볼 수 있다

내시경 카메라가 식도를 훑고 지나가는 것 같다

객실 안은 마스크 쓴 사람들로 가득하다
새로운 풍경이다

어떤 단어에 신이 붙는 것은
새롭다는 뜻일까 다르다는 뜻일까
집으로 돌아가는 길
운 좋게 몇 개의 역을 지나쳤지만
미래는 가까워지지 않는다

내가 비건이 되면 세상에 단 두 마리뿐인
북부흰코뿔소가 멸종하지 않을까

그러나 나는 늦게 도착하는 사람
걱정하는 마음이 생기고 나면
이미 그것은 사라지고 없었다

누군가 기침을 한다
마스크들이 일제히 그를 바라본다
이 장면에도 신이 존재할까
신동탄까지 내려갔지만
그곳은 동탄이 아니었다

믿음은 우리를 구원할 수 있을까
환승역이 보이지 않는다

지금 이 순간
마스크는 불안의 안쪽일까 바깥쪽일까

겨울 다음에 오는 것

—전학생

얼굴로 쏟아지는 물줄기를 바라보며 너는
혼잣말을 중얼거린다

입과 코를 가리고 목요일마다 학교에 갔지만
해를 넘기고도 너는 혼자다

어제는 크라운을 뒤집어쓴 어금니가 빠졌다
마지막 남은 젖니였다

뿌리내리지 못한 시간들이
일련번호도 없이 같은 제목의 일기가 되어 간다

앞니 사이에서 뜯겨 나간 손톱들이
머리카락과 뒤엉킨 채 수챗구멍에 처박힌다

이 세계를 인정하면
조각난 시간들이 제자리로 돌아갈 수 있을까

네 손톱을 물고 사라진 시궁쥐는
지금 어느 강 어귀에서 젖은 그림자를 찾고 있을까

욕실 칸막이 안쪽에 비밀이 쌓인다
거울을 보지 않는 날들이 길어지고 있다

송곳니

삼겹살을 씹다가 볼을 깨문다
그 순간 잠시 머뭇거리던 송곳니가
개가 되기 전 늑대의 마지막 표정을 떠올린다
더 이상 추위에 떨지 않아도 된다는 안도였을까
두고 온 숲에 대한 미련이었을까

꼬리가 늘어져 있다

거울을 보며 웃는 연습을 하던 때가 있었지
없는 꼬리를 애써 만드는 얼굴의 기분

입꼬리를 올려 송곳니를 보여 주는 건
포식자가 아니라는 무언의 방어일까
먹잇감이 보내는 항복의 제스처일까

세면대에 잘게 찢긴 상추 잎 떠 있다

송곳니와 어금니 사이 어디쯤에 있을까

내 꼬리의 배후는

양칫물을 뱉어도 피 맛이 사라지지 않는다

견갑

학교 문턱에도 못 가 본 아버지가 외양간에서 거름
을 내다 말고 막내딸에게 불려 온다 흑연 기둥에 단내
를 묻혀 가며 꾹꾹 당신의 이름을 한자로 써 준다 밀레
의 종소리로 빛나야 할 당신의 얼굴이 점점 노을 속으
로 빨려 들어간다 다음 날에도 그다음 날에도 그리고
그다음 날에도 열 칸 국어 공책 속 내 푸른 심장을 물
고 있던 나일악어의 이빨

모서리가 보이지 않는 세계 속에서 쇠스랑으로 어
둠의 바닥을 찍고 있었지 불에 그을린 견갑골 두 개로
버텨 온 위태롭던 가계 허기로 달그락거리는 식구들
의 입속을 빠져나와 누렇게 뜬 벽지 위를 떠다니는 기
호들 맥락도 없이 삐뚜름히 기울어진 담장 안쪽에서
해와 달을 끌어당기고 있던 사람

당신이 닿으려 했던 하늘은 무슨 빛깔이었을까
눈에 담기도 전에 곧장 뼛속으로 파고드는
자신의 그림자를 볼 수 없는 청맹의 문자들

그렇게 두드려도 열리지 않던 문이
사십 년을 번뜩 지난 오늘
쇠스랑 같은 질문이 되어 돌아온다

뭉툭해진 연필심에 침을 묻혀 당신을 읽어 본다
혀끝에 남은 고독한 짐승의 잔향

몸에서 비린내가 사라진다면
이 별에서 견딘 굴욕도 빛이 될 수 있을까

먼 데서 반짝이는 불빛을 따라 쇠북이 운다

발굴지에서

어쩌다가 당신은 내 이름을 잊어버리고
어쩌다가 당신은 먹는 것을 잊어버리고
목소리마저 잃어버린 당신이
눈꺼풀 한 번 깜박이지 않고 나를 바라보는가

잠깐씩 눈을 감았다가도
불화하는 심장의 고동에 놀라
쉼 없이 다시 태어나기를 반복하는 하루살이의 잠
당신의 마음 한 기슭에서 허물어졌을 비늘들이
새하얀 그늘 되어 내 발밑에 내려앉네

어쩌다가 당신은 이 땅에 뿌리내렸을까
가을 찬 서리에 시들어 버린 실어증 앓는 감국
어쩌자고 당신은 이곳에 누워 있나
어깨에 고인 어둠을 털어내듯 툭툭
지상으로 떨어져 내리는 꽃기린의 마른기침들

어쩌자고 당신은

저 하늘의 별들에게 세 들려 하나

온종일 당신의 이름을 곱씹어 보았지만
꽃말은 떠오르지 않네
당신의 손끝에서 저무는 계절만
발굴지의 어둠 위로 하얗게
하얗게 부서져 내리고 있네

물의 심장

사주에 물이 없다고
아는 분이 '기름질 옥沃'자를 써 보라고 했다
평생 가져 본 적 없는 진주보다야
온통 나무뿐인 사주에 물이 좀 들면 좋겠다 싶었다

그런데 오늘 '沃'자를 파자해 보니
비옥함은 물의 요절로 만들어진다는 생각
땅속으로 스민 물이 가을의 곡간을 채우듯
나도 누군가의 눈물에 빚지고 있다는 생각

네 살 때 우물에 빠져 끝내 나오지 못한 언니가
새로 받은 한자 속에서 물끄러미 나를 바라본다

잠풀 속 표식도 없는 작은 무덤에 누워
삭아 가는 작은 뼈들이 푸른 가지들을 길러낼 때
잎사귀 끝에 매달린 몇 방울의 이슬이
어머니의 양수로 풍덩 뛰어들었을지 모른다는 생각

수백 번을 써 봐도
수천 번 펜을 다잡아도
내가 가질 수 없을 것 같은
물의 심장

그립다고 생각하면 하늘 가득
꼭두서니, 꼭두서니가 우부룩하게 솟아나는데

그 속에 맺힌 붉은 이름을
나는 어떻게 불러야 하는지

시도 때도 없이
엇박으로 튀어 오르는 심장은
또 어떻게 속이며 살아가야 하는지

팝업 하우스

들이쉬는 숨보다 내뱉는 숨이 더 많았다
당신과 머리 나란히 누이고
이마가 둥근 아이들을 기르는 동안에도
제대로 부풀어 오른 적 없었다
관계의 미덕은 감추어 둔 마음에 있다고 믿던 시절
이었다

벽에 못 하나 박지 않았다
옷들은 한여름에도 압축팩 속에서 살았다
압축팩을 빠져나온 바람이 피식피식 웃음을 흘릴
때마다
몇 겹으로 눌러 둔 슬픔이 저 홀로 어깨를 들썩이는
것도 몰랐다

부침이 잦았지만 나사 몇 번 조이면
선반과 식탁과 의자가 뚝딱 만들어졌다
이사는 언제나 구름이 이동하듯 간편했다
칠이 벗겨진 포터 두 대가 집을 떠메어 갔다

지금 부서진 식탁을 타고 흐르는 저 빗방울들은
어느 구름이 떨어뜨린 경첩일까

더 이상 바닥이 보이지 않아 의자가 중력을 버릴 때
더 이상 버틸 수 없어 하늘이 구름을 버릴 때
어둠 속에서만 젖은 날개를 펴는 한 쌍의 새

구멍이 뚫린 채 마주 보던
두 개의 마음자리를 알고 있다
우리는 몇 번인가 서로의 심장 속으로 경첩을 떨어
뜨렸지만
당신도 나도 아직 날개를 가져 보지 못했다

녹 냄새를 맡았는지 비바람이 사나워진다

적도

어젯밤에 배는 바람이 불지 않는 곳으로 들어섰다 해수면에 고여 있던 미열이 어둠 속에서 이마를 짚으며 다가왔다 아침을 먹은 뒤에는 갑판에 나와 바람을 기다렸다 물끄러미 바다를 바라보다가 두고 온 얼굴과 쓰다 만 편지의 마지막 구절을 떠올렸다

어디서부터 잘못되었을까 당신과 나는 서로의 반대편에 머물 뿐 가까워지지 않는다 점이지대를 추가하면 지도가 바뀔 수 있을까 물결 위에 떨어뜨린 한숨으로 본초자오선을 흔드는 상상을 해 본다 아주 가끔 물속에서 눈동자가 붉은 열대어들이 튀어 올랐으나 바다는 잠잠하다 불안은 미래의 편이어서 나는

다만 오지 않은 내일을 기다릴 뿐이다 날짜변경선에 발이 묶여 있으니 달력은 보지 않기로 한다 처음부터 다시 시작할 수 있을까 어지러운 마음들이 뒤엉켜 적란운이 일어난다 비를 머금은 저 구름의 방위는 하늘보다 당신과 가깝다

그사이 배는 동경으로 더 기울어진다

상고대

처음엔 당신의 눈빛 속에서 떨고 있는 엇박자의 리
듬이
전율처럼 나에게 옮아왔다고 믿었어요
그게 사랑인 줄 알았어요
하지만 울음주머니를 한껏 부풀리느라 나는
당신을 앞에 두고도 제대로 볼 수 없었지요

그때 생각했어요
가시거리는 감정의 거리와 반비례할 수 있다는 것을
나는 개구리처럼 순진한 눈망울로
슬픔을 동정하는 사마리아인을 연기하고 있었는
지 몰라요
이런 감정을 진실이라 믿게 될까 봐 두려웠어요

당신을 속이기 위해 눈을 감는 횟수가 늘어났어요

여기 버려진 감정들이 서로를 등진 채 모여 이룬 숲
이 있어요

우리가 흘려보낸 물기 많은 감정들이
침엽의 능선에 얼어붙어 있네요
바람이 불 때마다 미세하게 흔들리는 얼음 박힌 그
림자들
해가 뜨면 군집을 이룬 빛의 혓바닥들이
한꺼번에 얼굴로 쏟아져 내리지요

마음은 유리가 아니라서 깨지지 않지만
카테고리를 나눌 수 없는 당신의 뾰족한 말들은
종종 내 심장에 선명한 바늘구멍을 남기죠
당신과 나의 유사성을 판단하는 일이 내겐 너무 벅
차요

모양이 다르다고 해서 활엽은 침엽의 반대말이 될
수 있을까요
잎자루 넓은 거짓의 마음을 이제 버리고 싶어요
사랑해요,
나는 언제쯤 당신에게 고백할 수 있을까요

이코노미클래스증후군

당신은 아가미 없는 물고기의 얼굴을 하고 있다
바닥이 보이지 않아 나는 숨 쉴 곳이 필요한데
계속 다른 질문들을 보여 준다
나의 얼굴 속에는 또 다른 얼굴들이 있지만
당신은 언제나 나의 왼쪽에 있다

당신은 할 말을 참지 못하고
나는 할 말을 삼키는 버릇이 있다
그러나 길들인다는 건 퇴로가 막히는 슬픔 같아서
막다른 골목에서도 우리는 서로에게 등을 보이지
않는다

어쩌다가 당신은 사과를 건네지만 나는 사과를 사
등분해야 할지 돌려 깎아야 할지 망설인다
당신은 애플망고 씨앗을 젖은 솜에 싸서 한 달 정도
묻어 두면 싹을 틔울 수 있다고 말한다

잠시 다정해진 당신이 우적우적 사과를 씹는다

나는 사과 씨를 도려내다가
별들이 모두 사라진 밤하늘을 떠올린다
당신과 나 사이에 사과 맛이 나는
별 모양 파이가 가득 찬다

돌고래를 닮은 비행기가 아가미도 없이 구름 위를
날아간다

항공편이 바뀌면 비행의 방식도 달라질까
그러나 우리는 목 베개 없이는 잠들지 못하는 사
람들
이따금 탈수 방지를 위해 생수를 나눠 마신다

먹먹해지는 귀를 습관처럼 후비며
표정 없이 서로의 얼굴을 바라본다
무거워지는 눈꺼풀 위에 또 한 겹
시차 없는 연민을 당겨 덮으며

그 밖의 계절에는 다소 어두운

이 별에서 나는 불평하는 사람이 되는 것 같아
물을 계속 마셔도 목이 말라

설거지를 하는데
샤워를 하던 남편이
누가 변기 물을 내렸냐고 소리쳤어
무심코 똥을 눈 아이는 사색이 되었지

변기 물이 다시 차오르기까지 샤워 거품을 뒤집어
쓴 채 견디는 1분 30초 동안의 벌거벗은 침묵

고통의 총량은 변하지 않는데
어떤 안간힘이 자꾸 수압을 따라 옮겨 다니고 있어
배설물을 받아안을 때마다 핏대를 올리는
화장실의 변기처럼

수압이 높아지면 문제가 해결될까
겨울이 된다고 북극여우의 털이

모두 하얘지는 건 아닐지 몰라

유빙 위에 떠 있는 여우 가족이 보이니?
네 눈에는 털이 어떤 색깔로 보여?

부정맥

심장을 안고 돌아누워도 잠이 오지 않는다
기어이 따져 볼 이야기가 남았다는 듯
결이 다른 말들이 어둠 속에서 튀어 오른다

비주룩이 열린 창틈으로 풀벌레 소리가 건너온다
곁에 두고도 마음이 알아채지 못한 기척들을 향해
슬그머니 귀가 먼저 열린다

혈관은 응어리진 기억이 돌아다니는 상처의 회로
아군의 패배를 타전하는 전장의 통신병일까
누군가 엇박자의 리듬을 내 몸에 전송하고 있다

푸가와 스타카토를 오가는 마음의 고동
눈썹을 내려놓고 구불거리는 소리의 길을 따라가
지만
나는 번번이 전생의 문턱에서 기억을 놓친다

거칠어지는 들숨과 날숨 사이로

내가 읽지 못하는 우주의 문자인 듯
무심히 시절 하나 흘려보낸다

오늘 밤 또 당신이 나를 다녀간다

눈사람과 몽당비

해거리하는 늙은 감나무에 눈송이 내려앉으면 온 세상 잘 타 놓은 햇솜처럼 폭신폭신했지. 장독대의 금 간 항아리들도 목련 꽃송이처럼 활짝 피어서 온밤 내 뒤뜰이 봄 언덕처럼 환했네.

아침 되어 아버지는 눈을 쓸고 나는 아버지보다 커다란 눈사람을 만들기로 했네. 그러나 너무 깨끗한 눈은 잘 뭉쳐지지 않았지. 내 안의 어둠과 아집, 치기를 밀어 넣은 뒤에야 몸통 하나 내주던 겨울. 내가 밟고 지나온 발자국마저 거두어 머리 올리고 아버지의 싸리비 꺾어 눈도 붙여 주었네.

오늘 밤 또 눈이 내리고 고향집 처마 밑에도 사박사박 하얀 어둠 쌓일 것이네. 밤새 조바심하다 새벽녘에 첫눈을 밟는 아이 이제는 없지만 아침 연기 흩어져 섣달 하늘에 스밀 때쯤 들릴 것이네. 싸르락싸르락 아버지의 비질 소리. 그 소리 놓칠까 봐 창문이 훤해도 눈을 못 뜨겠네. 현관 밖에 몽당비 한 자루 서 있을까 봐 눈 그치고 날 저물어도 문을 못 열겠네.

시인

갈라진 혓바닥을 운전대 삼아
다리도 없이 나무를 기어오른다

갈비뼈 사이에 부풀어 오르는 고독을 눌러 가두고
온몸이 글자가 되어 공중으로 몸을 던진다

미혹과 방황 너머
새로운 고통의 영지를 찾아서

오직 몸을 구부렸다 펴는 힘줄의 의지로
절망의 순간을 품에 안는다

심장에 뚫린 바람구멍을 거꾸로 선 비늘로 가린 채
오체투지로 나아간다

빛을 삼킨다, 파라다이스날뱀

땅 밑에 발을 묻어 두고

깃털도 없이 하늘을 날아간다

풍요로 가득 찬 이 세계에서
저만치 떨어져
먼저 오는 슬픔을 마중하러.

겨울 다음에 오는 것
―투병기

마스크 쓴 사람들의 행렬이 병원 앞을 지나갑니다
지금쯤 투명한 입김이 마스크 안에 결로를 만들었
을 테지요

병실의 블라인드를 걷어낸 자리에는 실핏줄이 엉
기듯
불면의 무늬들이 새겨져 있습니다

오늘을 환대할 것은 열 오른 이마뿐이어서 나는
두 팔을 엇갈려 가슴을 안고
가만히 겨울의 창가에 서 봅니다

그러나 인중 사이로 피어오르는 한숨은
홀소리 하나 만들지 못합니다

*

먹이를 사냥하기엔 턱없이 부드러운 부리를 달고

사람들이 바삐 지하도 속으로 사라져 갑니다
아침이 찾아오는 한 탁목啄木은 계속될 테지요

격리된 병상에서 뜯겨 나간 달력에는
숲이 있고
그 숲에는 우리가 휘두른 도끼질에 잘려 나간
나무들이 있습니다

가만히 눈을 감고
도끼날이 비껴 나간 나무들의 하얀 목덜미를 쓸어
봅니다
손바닥 가득 핏빛 비명이 묻어 나옵니다
우리의 얼굴이 생각나지 않습니다

*

예각의 햇살이 창문에 얼어붙은 슬픔을 녹이며
묵은해를 끌어내리고 있습니다

봄에 대해 말하고 싶지만
아직은 관해寬解를 기다려야 하는
팬데믹의 시간

한 해의 시작과 끝에는 겨울이 있습니다

3부
코끼리에게

농섬의 노래

마음이 펄 밑까지 내려앉는 날에는
언제가 심장 아래 묻어 둔 목소리를 꺼내 본다
노을 속에서 홀로 어둑해지고 홀로 저물다
읊조리듯 흐느끼는 계면조
핏빛 하늘가에 돌덩이처럼 걸리는 한숨과
쇠비린내를 풍기는 저녁의 콧잔등 너머로

WELCOME TO KOON-NI
ARCTIC SLOPE PAD ELEVATION 34 FEET

환상통처럼 되살아나는 그날의 폭격 소리
잃어버린 이름을 매향리 앞바다에 묻고
없는 귀를 틀어막아도 들리는 목소리

여기는 고온리
북극 경사면 해발 34피트 지점에 오신 것을 환영합
니다

가위

싹둑,
차가운 금속이 목덜미를 스친다
열 지어 서 있던 눈빛들이 땡삐처럼 날아와
내 머리에 꽂힌다

실핀이라도 꽂지 그랬니
교무실로 불려 간 내가 안쓰러웠는지
담임이 한마디 거든다
머리칼이 아니라 머리를 통째로 자르고 싶어요

네모난 교실, 네모난 창문, 네모난 책상, 네모난 의
자, 네모
난 칠판에서 떨어져 내리는 새하얀 분필 가루들
지금도 내 모난 것들 속에 살아 있는
서걱서걱 쉼 없는 가위질 소리

담임이 건네는 악수를 뒤로한 채
꽃다발을 집어 던지고 교실을 나선다

눈이 녹아 질척거리는 운동장에서
신발 바닥에 묻은 검은 피를 닦아낸다

바닥만 보고 걷다 보니 정류장이었다
저만치서 버스 한 대가 다가오는 게 보였다
행선지는 확인하지 않았다

두려움의 사슬을 끊고 나서야 만날 수 있는
간절함의 깊이

열아홉, 둥근 건 바퀴뿐이었다.

우는 화살

울고 있었다, 아이는
잠에서 깨어나 주위를 둘러보았지만 아무도 없었다
한참을 울고 난 뒤에야 알았다
자신이 바구니에 갇혀 있다는 것을

울고 있었다, 아이는
현관에 걸터앉아 울다가 골목에 주저앉아 또 울었다
눈물과 콧물이 입속으로 흘러들었다
엄마를 불렀다, 아무도 오지 않았다

커다란 손 하나가 아이의 입을 막았다
물방울무늬 치마가 우악스레 걷어 올려지고
톱니가 달린 화살촉 하나 아랫도리에 박혔다
소리 지를 수 없었다, 도망갈 수도 없었다
그때부터 아이는 울음을 갈빗대 밑에 감추었다

저기, 노을을 뚫고 울대가 부은 새 한 마리 날아온다
십수 년 전 과녁도 없이 시위를 떠났던 화살이

오늘 이곳에 도착한다

어른이 된 아이는 핏물이 고인 동공에서
검은 물방울을 꺼낸다
부러뜨린 갈빗대 끝에 물방울을 매단다
자기 안의 어둠을 만곡으로 구부려 입술까지 끌어
당긴다

시위가 팽팽해진다

장대 끝에 내걸린 소문을 겨누며
붉은 새의 첫울음이 날아오른다

비밀의 책

언니, 생각할수록 어린 날의 내가 너무 가여워 철이 일찍 든다는 건 참 슬픈 일이야 그치? 악어를 만난 뒤부터 나는 매일 일기를 썼다 지우고 썼다 지웠어 겨울을 다 보내지도 않았는데 밀려 나온 글씨들만큼 봄의 모서리가 닳아 갔지

언니, 나는 솔직하지 못했어 늘 괜찮은 척했어 입꼬리로도 끌어당길 수 없는 감정들이 있는데 비가 와도 흠뻑 젖지 못하는 깃털처럼 품고만 살았어 사실 아무도 묻지 않았어 괜찮으냐고 이제 와서 이런 말을 하다니 참 우습다 그치?

언니, 그거 알아? 어떤 꿈은 내일과 너무 가까워서 포기하게 돼 어둠 속에 홀로 남겨진 등은 쉽게 따뜻해지지 않으니까 바람 인형은 저녁마다 일어나 미친 듯이 춤을 추지만 벽돌로 몸이 눌린 채 고무통 속에 들어가 있는 시간을 더 좋아하는지도 모르잖아

도서관에는 입고된 지 십 년이 지나도 대출 한 번 되지 않는 책들이 있어 철학과 종교 이전에 총류가 있다는 건 문학이 나와 멀리 떨어져 있다는 것만큼이나 다행스러운 일이야 그치?

　언니, 이제 더 이상 나를 찾지 않아도 돼 사람의 손을 타지 않는 이곳에서라면 지난날 내 얼굴에서 미끄러진 불행과도 눈인사를 나눌 수 있을 것 같아 금박이 박힌 글씨와 하드커버로 장정된 책들은 우람하고 견고한 믿음의 성채 그 사이에 끼어 이름을 버리고

　얌전히 금 밖에 서 있을게
　그럼 나는 안전할 거야

잠복기

날개가 있었다면 날아갔을까
발바닥에 검은 별들을 숨겨 두었던 개야

달을 보고 울다가 별을 향해 울부짖다가
탱자나무 울타리를 뚫는다
목덜미에 가시를 매달고
맨발로 콜타르 같은 어둠을 밟으며
너는 일 년 중 가장 깊은 밤을 건너간다

한 번도 가 본 적 없는
산골짜기에서 숨을 헐떡이며 서 있다
뭇별들은 뒤엉키며 소용돌이치며 쏟아져 내리고
너는 쉴 새 없이 칼날 같은 벼랑을 토해낸다

춤을 추듯 울부짖으며 은백의 들판을 나뒹군다
그 누구도 물어본 적 없는 순하고 가지런한 이빨
들을
탱자나무 울타리 쪽으로 돌리고

지금쯤 너의 송곳니는 은사시나무가 되었을까
동그랗고 까만 네 영혼은 바람 소리에 씻긴 맑은
별빛을 따라 푸른 하늘로 돌아갔을까

하지만 이건 수십 년도 더 지난 어느 겨울밤의 이야기
눈을 감아도 하늘이 어두워지지 않던 몽유의 이야기

그때 고독이 숙주 삼은 너의 몸을 무어라 불러야 할까
하룻밤 사이에 수십 명이 죽어 나가는 백야
블라인드 밖에서 휘몰아치는 눈보라의 시간을
우리는 어떻게 눈을 뜨고 건널 수 있을까

비 올 확률
—일영에서

수은주가 체온까지 올라도
적란운 사이로
파란 하늘이 보여도
일영에는 비가 내립니다

오후 세 시가 되자 하늘에서 물이 쏟아지고
아이들이 앞다투어 그 속으로 뛰어듭니다

빨강 파랑 노랑 연두
줄지어 펼쳐진 우산들이
알사탕 같은 그늘을 드리우고 있습니다

이곳에선 모두 젖습니다
어린 순서대로 젖습니다

웃음이 맑은 아이들의 얼굴이 젖고
사진을 찍는 부모들의 발등이 젖습니다

카페에 앉아 있는 나도 젖습니다
우산도 없이 소나기를 맞습니다

아이들은 돌아갔는데 일어나지 못합니다
유리창 너머로 다시 햇살이 일렁이는데

바닥까지 젖은 마음을 일으키지 못합니다

코끼리에게

당신을 덩치 큰 초식동물이라 하자
몸 하나 겨우 들어갈 수 있는 좁은 나무
울타리에 갇힌 두 살 된 아기 코끼리라 하자
머리는 크고 눈은 작으며 털이 거의 없는 몸
당신의 발목마다 쇠사슬이 채워지고
장정 여럿이 쇠꼬챙이로
당신의 정수리를
당신의 이마를
당신의 등을
당신의 기
코를   다
계속   란
찌른
다고
하자

붉은 피와 살점을 튕기며
본능이 떨어져 나가는 시간 동안

당신은 무슨 생각을 할 수 있을까

당신을 30년째 사람 말을 알아듣는
코끼리라 하자
주름진 긴 코로 하모니카를 불고
훌라후프를 돌리고 그림을 그리고
상처투성이 등으로 지옥을 실어 나르는
네발 달린 사람이라 하자

생각은 왜 명사가 아니라 동사여야 하는지
코끼리에게 물어보자

테트리스

작고 부드러운 부름이었다 바람에 흩날리는 봄날
의 단풍잎처럼 작은 손들이 나를 훈풍이 부는 들판으
로 데리고 갔다 부러진 나뭇가지들의 노래 사춘기의
실패를 연둣빛으로 덮으며 들판은 점점 넓어져 갔다

나는 끝없이 이어진 그 길을 걷고 또 걸었다
초록 숲에서 잠시 빛이 깜박거리고
격자무늬 창문 하나가 열리고 있었다

누군가 내 머리맡에서 뜨거운 숨을 몰아쉬고 있었
다 앞니로 불안을 깨무는 아이처럼 풋잠은 자주 흔들
렸고 불안을 부추기는 숨결을 견딜 수 없어 나는 창문
을 등지고 돌아누웠다

네가 떠난 지 몇 년이 지났지만 너는 여전히 악몽을
지탱하는 푸른 난간이었다 너와 나는 눈에 보이지 않
는 미래를 비전이라는 이름으로 밀봉하는 게임을 하
고 있었다 수평선에서 각기 다른 일곱 개의 블록으로

사라지는 어제 허방을 딛고 실패를 반복하지 않아도
오지 않을 미래를 우리는 기다리고 있었다

　질문의 방향을 틀지 않으면 블록들은 계속 쌓여 갈
것이다
　어쩌면 네 번째 스펠링에서 운명은 모양을 바꿀지
도 모른다
　그런데 바닥이 보이지 않는다면
　이대로 게임 아웃?

　문턱 없는 오늘 앞에서 기억이
　중심을 잃고 뒤뚱거린다
　매번 나를 발견하는 것은
　네가 남겨 둔 감정들이었는데
　너는 보이지 않고

　누군가 바닥을 조작하고 있다
　꿈을 꾸지 않아서 불안한 날들이 계속되고 있다

고스트라이터

1

불광천 근처 연립주택 삼 층에 한 청년이 살았다

건물에는 물세를 나눠 내는 사람이 열 명 넘게 거주했지만

그들은 각자 연립한 섬들의 임시 주인이었다

글이 써지지 않을 때는 희석식 소주를 마시며 알코올처럼 풀어지는 흰 달을 바라보았다 '세계는 넓고 할 일은 많다' '시련은 있어도 실패는 없다' '신화는 없다' 같은 책을 집필하는 것이 꿈이었지만 사실 그는 수년 전 등단한 시인이었다 그러나 누구도 그를 기억하지 못했다

일찌감치 등단을 포기하고 이 업계에서 꽤 알아주는 대필 작가가 된 대학 선배 M에게 걸려 오는 전화가 그의 유일한 호구지책이었다 그림자의 그림자를 자처하는 일이었지만 아직은 여린 빛줄기를 좇아야 하는 안개 속 어둠이므로 그는 일을 마다하지 않았다

2
만월은 왠지 불길한 것 같았다
그러나 달은 자주 차올랐다
일거리가 끊겨 부풀어 오른 흰 그늘만큼
그의 몸에는 켜켜이 어둠이 쌓여 갔다

그러다 거물 정치인과 비밀유지각서를 쓰는
꿈을 꾸다가 깨어난 밤이면 삐걱거리는
철제 계단을 밟고 연립주택 옥상으로 올라갔다
명멸하는 도시의 불빛들 사이로
대낮에는 들리지 않던 노래가
윤슬을 흩뿌리며 고요히 흘러가고 있었다
그는 가만히 〈호프만의 뱃노래〉를 흥얼거려 보았다

영혼과 잠시 결별했기에 아름다웠던 순간
그러나 빛의 강물 속에 풀어지는 것이 어둠인지
색깔을 잃어버린 자신의 목소리인지 알 수 없었다

3
경찰이 문을 부수고 들어갔을 때 그는
초록색 공병들과 무가지 더미 옆에 다소곳이 누워
있었다
바퀴벌레 몇 마리가 황급히 더듬이를 세우며 현장
을 빠져나갔다

유서는 없었다
다만 자신의 죽음이 너무 늦게 발견되지 않기를 바
랐으나
달은 이미 만삭의 몸으로 그린하우스 옥상을 넘고
있었다

지구를 벗어나 무중력 공간의 주인이 되고 싶었던
시인 K
그가 남긴 빛바랜 시작 노트 한편에는 이런 글귀가
가지런히 적혀 있었다

산 자가 최초의 작품을 만드는 동안, 온 세상이 고요 속에 잠겨 있는 밤에 생각에 잠긴 유령이 그의 내부에서 깨어나 말한다. 오 공포여!

—빅토르 위고

응달

불면이 파 놓은 분화구일까

눈두덩의 어둠이 눈동자보다 짙다

슬픔 몇 숟갈 거뜬히 올라갈 듯하다

빛의 반대편에 남겨진 모래 언덕일까

눈을 뜨면 더 깊어지는 어둠이다

당신이 오르지 못한 북벽

당신이 끝내 삼키지 못할

까만 밤 두 덩이

골 먹은 연필심처럼 뚝뚝

밤이

부러져 내리고 있다

눈과 눈썹 사이에 그어지는

그늘이 너무 깊어 마침내

반달이 되어 떠오른

배꼽 혹은 깊이에 대하여

제왕절개수술을 하면서 주치의는 말했다
자기가 좋아했던 시인의 두 번째 시집이 별로라고
깊이가 없다고
마취과 의사가 수술실을 나가던 참이었고
메스가 나의 뱃가죽과 자궁벽을 두어 번 긁은 뒤였다

　—저, 잠깐만요 선생님!
　　혹시 마취가 제대로 안 된 게 아닐까요?

　—아, 그래요? 산모님이 되게 예민하시구나!
　　신경 쓰지 마요. 금방 괜찮아져요.

　잠시 웃던 의사가 다시 절개를 시작한다
　나는 입술을 깨물며 유별난 산모 연기를 그만두기
로 한다

　—요즘은 아빠가 탯줄을 자른다는데요.
　그러나 성미 급한 의사는 싹둑,

나와 아이 사이를 갈라놓는다
아이가 경기하듯 첫울음을 터뜨린다

다시 의사의 손길이 분주해진다
　―원래 이런 건 레지던트가 하는데, 오늘은 시인 산
모님이라 특별히 제가 하는 겁니다.

질의 입구로부터 약 십 센티미터
배꼽 아래로부터 약 십 센티미터
그 사이에, 가로줄무늬 하나 들어선다

이 지상의 절개지에서 아이와 내가
만들어 갈 별자리는 어디까지일까

일주일 만에 탯줄이 떨어진 딸아이는 유난히 배꼽
이 깊었다

아무것도 기록하고 싶지 않았던 아무 날의 일기

—옮긴이의 말

오늘 오후에 엄마와 배드민턴을 쳤다.

—아이의 일기는 이렇게 시작되었다. 아이가 처음으로 백핸드를 시도한 날이었다.

이 어려운 기술을 나는 두 번이나 성공시켰다.

—아이는 승리감에 도취되어 있었다.

그런데 셔틀콕이 나뭇가지에 걸렸다.

—나는 느티나무 둥치를 잡고 흔들었다. 나무는 꿈쩍하지 않았다. 몇 번의 시도 끝에 손을 들려고 하던 참이었다.

하지만 쉽게 물러설 엄마가 아니었다.

—나는 갈라진 줄기 사이에 한쪽 다리를 걸고 간신히 손에 잡힌 나뭇가지를 붙들고 매달렸다. 나는 온몸으로 나무를 흔들고 나무는 꽁지 뽑힌 깃털의 무게만큼 나를 흔들었다.

서틀콕이 바닥에 내려왔다. 결국은 엄마의 승리였다.

—그러나 날개가 없는 나는 나무늘보처럼 늘어져 나무에서 내려오지 못했다.

나는 느티나무와 씨름하는 엄마가 스모 선수 같다고 생각했다.

—자기 몸의 줄무늬를 세다 기린에게 들킨 얼룩말의 기분 연필 끝에 침을 묻혀 내 것이 아닌 감정을 기록해 두기로 한다.

거위가 최초로 비행을 시도했을 때의 자세는 어떠했을까.

신탁이라도 받는지 아이는 자면서도 입을 실룩거린다.

미분

여기는 지구에서 해가 가장 늦게 지는 섬

우리는 침대에 반쯤 허리를 묻은 채 핸드폰의 숫
자가
12:00로 바뀌는 걸 본다
날짜변경선 너머에 내일이 있지만
우리는 언제나 동쪽으로 구부러진 어제를 살고 있다

시간의 무게를 달 수 있다면
천칭의 추는 오늘과 내일 중 어느 쪽으로 기울어
질까
나 그리고 당신의 마음은

오늘 오후에 역대급 태풍이 밀려온다고 하지만
우리는 기상청의 예보를 믿지 않는다
우리가 두려워하는 건 확실한 실패가 아니라
미완의 공포를 사실로 인정하게 만드는 섣부른 예측

사건을 쪼개고 쪼개서
영에 가까워질 만큼 작아지면
서로에게 가닿을 수 있을까

응답 없는 너의 시간은 언제나 미지
해석이 유보된 채 고통은 미래를 향해 열려 있다

여기는 지구에서 해가 가장 늦게 뜨는 섬

나는 너의 왼쪽에서
너는 나의 오른쪽에서
이제 막 사랑을 시작한 연인처럼 다정하게 누워
12시부터 시작되는 이상한 하루를 건너가고 있다

백미리에서

날마다 같은 음절이 반복되고 있다
내뱉을수록 무거워지는 돌림노래 같은 우울이
그을음을 날리며 목젖에 달라붙는다

당신의 이름을 부르면 나는 어느새 발이
푹푹 빠지는 뻘밭 속을 허우적거리고
입을 쩍 벌린 채 죽은 멸치 떼가
때 이른 진눈깨비 되어 해안으로 몰려온다

당신은 해감이 안 된 어둠을
눈먼 손길로 더듬거리는 사람

나는 껍데기로 남은 사랑을 깍지 낀
손바닥의 형식으로 기억하는 사람

당신이 떠나던 날 썰물 속에 마음을 놓아 버려 나는
온전히 젖지도 가라앉지도 못하는데 불안은 왜 밤의
한가운데로 흐르고 나는 같은 색깔의 벽만 바라보고

있을까

밀물이 들자 몸이 빠져나간 자리에
짠 그늘이 한 겹 더 내려앉는다
색깔이 다른 멍을 묻어 둔 작은 숨구멍들 속으로
아이들은 깔깔거리며 하얀 소금을 뿌려대고

통점에 비상등이 켜져도 우리는 여전히 캄캄하다

타투이스트

잘린 손가락을 화분에 묻고 물을 준다
지문이 풀려 나간 자리에 물기가 닿으면
저녁은 어떤 기분이 될까

실핏줄을 타고 오르는 푸른 기억들의 맥놀이

소용돌이치는 어둠의 가장자리에서
날개를 파닥이며 젖은 마음들이 날아온다

나는 골똘하게 손끝을 구부려 물음표를 만들어 본다
영원히 잠들지 않을 검은 질문들의 잔등을 긁어
본다

　　그러나 살갗이라는 말 속에는 얼마나 깊은 우물이
출렁거리고 있는가 눈을 감지 않고서는 당신의 안쪽
을 들여다볼 수 없다 내가 먼저 어두워지기 전에는 속
내를 감춘 말들의 표정을 읽을 수 없다

강아지가 화분 받침에 고인 물을
혓바닥으로 핥아댄다

분홍은 감정을 쉽게 들키는 색

첫 생리를 시작한 강아지를 안심시키려
창문 쪽으로 목을 빼고 있는
꽃기린을 욕실로 데려간다

새벽 다섯 시
배앓이를 하던 강아지가 양변기 옆에서 발견된다
침이 흥건한 발바닥이 발갛게 부어올라 있다

나는 화분에 묻어 둔 손가락을 꺼낸다
실핏줄 같은 뿌리가 매달려 있다

제 이름을 어떻게 짓나 궁금했는지
잘려 나간 마디 하나가

불쑥,

닫혀 있는 문 하나를 밀어 올린다

4부

얼굴 없는 당신들 앞에서

견인

그는 경찰보다 먼저
사고 현장에 도착하는 사람
하고많은 날 늘어지게 하품만 해대다가
누군가 중앙 분리대를 넘어서는 순간
앞뒤 안 가리고 무조건 달려가는 사람
전두엽에 타인의 불행을 좇는
내비게이션을 장착한 듯했지
날마다 피비린내를 끌어모으던
비 내리는 토요일 밤의 잠복근무자
가속 페달을 밟던 오른발이 꺾인 채
견인차에 거꾸로 매달려 가는

시작은 준비 다음에 오는 어떤 것
그러나 영원히 알 수 없는 미지
길 위에서 머뭇거린 날들은 모두 평일이었지

전조등은 언제나 불안의 방향으로 켜져 있다

드림렌즈

병점에서 서로의 옆자리에 앉은 그와 나는
어느새 한강철교를 함께 건너고 있다
우리의 체온은 가깝지만 나는 그를 모른다

소음 속에서 눈을 감는 것은 나를 긍정하는 방식
오해를 이해로 바꾸기 위해 노력하지 않아도 좋았다

비非, 미未, 불不, 부不, 무無
거짓이 아니어서 아름다울 수 있는 말들
본말이 사라진 부정접두사의 세계

떨어짐, 끼임, 깔림, 뒤집힘, 잘림,
…… 주기도 없이 반복되는 ……
1,200번의 죽음 아니 1,200번의 삶

우리는 왜 어둠과 빛이 교차하는 전철을 타고
  가끔씩 목을 빼서 불안한 눈빛으로 역 이름들을 살
피는가

왜 불리지 않는 이름과 눌리지 않는 숫자들만 가득한
이 세계를 벗어날 수 없는가

여기가 어디일까
눈을 뜨고 나니 또다시 어둠 속이다
옆자리는 어느새 비어 있다

렌즈를 끼고 잠들면 다음 날 눈이 맑아졌다

또다시 홀린 사람이 된다
나는

깨지 않는 꿈속에서 잠든 새 한 마리를 꺼낸다
그는 감청색 작업복을 입고 있었다

첼로

방 안 깊숙이 달빛이 걸어 들어와 있었다
죽은 사람이 되살아나고 있었다
굳어 있던 몸에서 새살이 돋아나고
하품을 하며 깨어난 당신의 가슴에
얼굴을 묻고 흐느껴 우는 내가 있었다

누가 나의 잠 귀퉁이를 흔들어 당신에게 데려갔을까
암실 속으로 들어와 닻을 내린 한 줄기 빛을
망연히 바라보다가 나는 한밤중에
무릎을 껴안고 중력을 달래는 사람이 된다

짐승 같은 잠 속에 빠져
두 눈을 잃어버린 당신은 달의 뒤편에서
사나운 어둠을 길들이고 있는 사람
홀로 노를 저어 망망대해를 건너가려는 사람

활이 지나간 자리였을까
달빛에 베인 상처였을까

나는 한동안 당신을 생각하느라 어두워진 갈비뼈를 더듬는다

울림통이 된 몸에서 더 이상 어둠이 새어 나가지 않도록

가만가만 창가로 다가가 커튼 자락을 여민다

그러나 살갗을 파고드는 먹물처럼

그림자를 지워도 사라지지 않을 마음의 얼룩

온종일 달아올랐던 바닥이 식는지

비틀린 관절을 꺾으며 집이 우는 소리를 낸다

옮겨 다니는 산

당신 보고 싶은 마음 힘껏 돌려 잠그고
심장보다 꼬리가 더 붉은
한 마리 고추잠자리 되어
잠과 어둠 사이를 맴도는 밤이에요

가을이 내려앉은 주홍 난간 아래
작은 산이 있었다 해요
틀뫼라고도 불렸다 하는 신기산新機山
그 산은 어디로 갔을까요
어떤 어리석은 이가
산 하나를 통째로 떠메어 갔을까요

등에 새겨진 천상의 지도를 숨기기 위해
쉬쉬 낮은 휘파람 소리를 내며
숲 그늘을 찾아왔을 뺨이 붉은 뱀 한 쌍과
새로 자라난 소나무 가지 끝에 자주색 방울을 내
걸던
저녁 때까치들의 지저귐을 떠올려요

쇠똥구리 가족이 아까시나무 둥치에 걸어 둔 솔이끼로
야물고 긴 턱을 닦고 있네요

그 숲을 생각하면
당신은 여기에 있는 것 같기도 하고
나는 이곳에 없는 것 같기도 해요
눈앞에 있어도 보이지 않는 산
허공을 찌르며 흔들리는 아파트 그늘 어디쯤에
당신은 송진이 고인 옹이를 숨기고 있을까요

며칠째 왼쪽 가슴이 뻐근하더니
오늘은 종양이 사라진 왼쪽 유방 아래께에서
뱀 꼬리 같은 줄기가 만져지네요

이제 나는 때까치 되어 내 몸에서 뻗어 나가는
나뭇가지를 오래오래 지켜볼 생각이에요
나무의 우듬지가 숲의 자궁에 닿을 때까지

잎이 뾰족한 나무 하나 길러 볼 작정이에요
당신의 빈자리에 맑은 종소리 다시 차오르도록

라운드업 레디*

내 몸속에 비료 먹은 개구리가 살아요
다리 세 개 달린 방울뱀이 살아요
입이 엉덩이보다 큰 원숭이가 살아요

내 몸속 개구리와 뱀과 원숭이는 호기심이 많아서
초대받지 않은 식탁 위를 폴짝폴짝 뛰어다니고
조리대 사이를 기어다니며 방울 소리를 내고
내가 먹으려는 바나나 껍질을 먼저 벗기기도 해요

그들과 함께 사는 건 좀 성가신 일이지만
가끔은 재미있게 느껴지기도 해요
나는 콘샐러드를 먹다가도 입안에서 터지는 옥수
수 알갱이가
어쩌면 개구리의 눈동자일지도 모른다는 탱글탱
글한 몽상을 즐겨요
순두부 속에 갈라진 뱀의 혓바닥이 숨겨져 있을 것
만 같고
두개골이 열린 채 골수를 파먹히고 있는 원숭이의

긴 꼬리가 손끝에서 만져지기도 해요

그러나 내 몸속에서 와글거리는 개구리와 뱀과 달리 나는
너무나, 정말이지 너무나도, 식물적이어서 내가
개구리 쓸개를 삼킨 뱀의 위장을 씹어 먹고 있는 원숭이라는 사실을 종종 잊곤 하지요

그런데 콩고기를 씹을 때마다 구운 뱀 껍질 냄새가 나는 건 왜일까요
나는 아직 준비가 안 됐는데 내 안의 욕심 많은 동물들은
왜 자꾸 초록 잎사귀들을 시뻘건 창자 속으로 끌어갈까요

나는 채식주의자인데 웬일인지 점점 포악해지고 있어요
얻은 것보다 잃은 게 많은데 아직 더 잃어야 할까요

개정판 식물도감을 뒤적여 봤지만 오늘도 라운드
업 레니는 멀기만 해요

이 행성의 씨앗들은 날마다 자살을 파종하고 있거
든요

그래도 나는 꽃술을 흔드는 바람처럼 다가올 천국
을 기록해야 해요

동굴의 깊은 어둠 속에서 신의 음성을 듣고 있는 엘
리야처럼

* 라운드업(Roundup)은 몬산토가 생산하는 강력한 제초제, 라운
드업 레디(Roundup Ready)는 라운드업 제초제에 저항력을 가질 수
있도록 설계된 유전자 변형 콩이나 옥수수의 상표.

장다리 끝에 매달린 여린 꽃 하나 보자고

불린 만큼 귀퉁이가 닳는 것이라면 당신의 이름은
여전히 새것처럼 날카로운 모서리를 갖고 있을 것이
네. 이름도 없이 평생토록 진창에 박혀 살다가 늘그막
에 찾아든 마른자리가 요양병원 침상이었지. 오얏나
무와 신비로운 난초가 자라는 당신의 꽃밭은 햇볕 잘
드는 남녘에 두고 하필 창문에서 가장 먼 북벽 밑에 명
찰을 내걸고 몸져누우셨네.

추사는 평생 벼루 열 개를 구멍 냈다는데 당신의 손
끝에서 닳아진 무쇠는 몇 근일까. 호밋자루 놓아 버린
빈손으로 밤마다 허공 밭을 일구시네. 비를 기다리는
천수답처럼 겨우내 밥도 마다하고 천장만 바라보시
네. 그리고 오늘은 자궁 밑바닥에 남아 있던 울음을 녹
여 무꽃을 피우셨네. 몸통 다 잘려 나간 뒤 빈 밥그릇
에 봄빛을 살라 놓으셨네.

골반 밑이 썩어 가느라 저리 아우성인데 어머니는
그예 여린 꽃 하나 보자고 된비알 허물어 장다리 끝에

푸른 열꽃 피워 올리셨네. 서그럭서그럭 호미가 지날 때마다 수천 길 낭떠러지 아래로 굴러떨어지는 붉은 돌멩이… 돌멩이들…….

점보롤 티슈

필요한 만큼 적당히 끊어 쓰세요
당신의 뒤를 닦아 준다고 미안해하지 마세요
당신의 치부는 나만 볼 수 있어요
결코 발설되는 법이 없지요

당신의 가장 은밀한 어둠과 마주치는
나의 면면들은 뒤돌아보지 않아요
당신의 속 깊은 배후라고 할 수 있죠

그러나 당신은 알지 못해요
300미터 이상 길게 늘어뜨린
내 마음이 두 겹인지 세 겹인지
내 몸에 새겨진 압인의 방향에 대해
당신은 궁금해할 필요가 없지요

그래요 나는 그냥
두루마리, 두루마리예요

달콤한 휴식은 기대하지 않아요
그냥 당신이 나를 불러 주면 좋겠어요
나에게는 오늘이 필요할 뿐
내일의 주인은 내가 아니니까요

당신이 훔쳐낸 구린내를 숨기기 위해
우리의 낮은 이렇게 뜨거운 걸까요
숨도 크게 못 쉬고 비계 위를 걷다 보면
목울대에서 흘러내린 땀방울에
우리의 종이 심장은 쉽게 무너지곤 하지요

그러나 당신은 신경 쓰지 않아요
조금 성가신 일일 뿐
리필은 신속하게 이루어지고
우리의 무언극은 계속될 테니까요

'당신의 눈물까지 닦아 줄게요'
누군가는 당신을 위해 시를 쓰겠죠

그러나 얼굴 없는 당신들 앞에서 우리는
오늘도 혼자입니다

씹던 껌

냉장고에 엄마를 넣어 두었지 조금 마르고 질긴 게
흠이지만 엄마는 어떤 요리에도 잘 어울리지 엄마를
먹는 일은 누구에게나 흔한 일 오늘은 아스파라거스
와 바질을 곁들여 엄마를 구워 먹어야지 피로가 너무
선명해서 잠을 놓치기 쉬운 수요일 밤과 목요일 새벽
사이는 단백질을 보충하기 좋은 시간이니까

아스파라거스의 줄기를 꺾어 생으로 씹으면 아삭
하는 소리와 함께 달아오르는 프라이팬 위로 엄마가
걸어갔던 초록 길의 투명함이 보일 것도 같고

올리브오일… 아스파라거스… 바질
바질… 아스파라거스… 올리브오일
외로움을 길들이는 순서는 가끔 뒤바뀌어도 상관
없어

그런데 엄마가 보이지 않네
반쯤 잘려 나간 쓸개와 시커멓게 쪼그라든 심장을

안고 오른쪽 다리를 절룩거리며 어디로 갔을까 엄마는

양은 솥단지 속에서 희멀건 국물이 끓고 있네 왼쪽 무릎을 세우고 부뚜막에 걸터앉아 한 여자가 박달나무 주걱을 쇠젓가락으로 긁으며 물수제비를 날리네 부엌 한쪽에 쌓인 밀가루 포대들 실마리를 당기면 한꺼번에 쏟아져 나올 것 같은 물기 없는 슬픔들

들기름, 물수제비, 대파……
미원 반 스푼

쫀득함을 느낄 새도 없이 물컹물컹 저녁의 목구멍을 타고 넘어가는 엄마 생목이 차오르는 내 입속을 무두질하는 손바닥들 해진 가죽 트렁크 속 엄마와 그녀라는 글자 사이에 작고 하얀 방들이 있네 방방마다 먼 곳을 숨겨 둔 아직 부풀어 오르지 않은 풍선들의 한숨

끓고 있는 바다의 표면 위로

밀가루처럼 뽀얀 눈이 쏟아지네
단맛이 빠져나간 지 오래인데
혀는 씹던 껌을 놓아주지 않네

다정한 애인

1

변두리 원룸으로 이사 온 뒤부터
낯선 남자와 함께 살고 있는 것 같아요
그에게는 넓은 어깨와 덥수룩한 구레나룻이 있어요
괘릉을 지키는 무인상처럼 눈매가 부리부리하지만
사실 그는 말할 수 없이 다정해요

내가 샤워를 마치고 나오면 살그머니
다가와 젖은 머리카락을 어루만지는 그
마음이 눈꺼풀보다 무거워지는 밤이면
머리맡에 앉아 좀처럼 익숙해지지 않는
뜨거운 숨결로 나를 토닥이는 그

물론 처음부터 그가 내 취향은 아니었어요
그는 슬픔 속에 코가 촘촘한 그물을 걸어 두는 사람
저녁마다 청국장을 끓이고 고등어를 구워도
그와 나의 냄새는 뒤섞일 뿐
우리는 더 이상 가까워지지 않아요

나는 창문 너머를 바라보고
그는 한곳에 머물기를 원하고

2
인턴 기간 내내 목 빼고 올려다보던 의자를
낙하산을 타고 온 후배에게 빼앗겼을 때도
그는 흙내가 진동하는 내 밥그릇을 함께 바라봐 주
었어요
폐암 말기의 아버지가 조리개를 열어 둔 채
어둠 상자 속으로 사라졌을 때도 그는
빛만 남겨진 내 곁을 묵묵히 지켜 주었어요

그런데 이제는 내가 그를 떠나려 해요
나는 그의 취향을 이해하는 데
계약 기간을 다 써 버렸고
그는 나를 너무 쉽게 길들이려 했거든요

한 발짝 다가가면 한 발짝 물러서는
소실점 없는 어둠
그것이 실패가 아니라면 나는 이제
불행도 다정하게 껴안을 수 있을 것 같아요

제2 외국어를 떠올리는 밤

까만 밤이라 쓰고 환한 어둠이라 읽는다
초침 소리가 커질수록 동공 속에 차오르는 만월
수직의 세계에 서 있는 나는
수평의 세계로 떨어지는 당신에게 갈 수 없다

시간의 꼬리를 붙잡으려
분침과 초침을 겹쳐 보지만
당신은 내 손을 뿌리치고 더 멀리 달아난다

눈을 감으면 천 길 낭떠러지 눈을 뜨면 깊이를 알
수 없는 환한 어둠
긁어도 긁어도 스크래치만 남을 뿐 당신의 하늘은
더 밝아지지 않는다

죽음이 점점 당신의 숨통을 조여 오던 그 시간
나는 왜 이제는 잊힌 제2 외국어를 떠올렸을까

마마마마

엄마는 1성 삼베는 2성 말은 3성 욕하다는 4성
고등학교를 졸업한 지 30년 만에 불현듯
떠올라 어깨 위로 미끄러지는 성조들
　그사이 당신의 숨은 모스 부호처럼 흐르다 바닥으
로 내리꽂힌다

　끝내 번역하지 못한 당신의 유언

　바닥까지 내려가는 슬픔은 절벽의 깊이가 아니라
　그 끝을 딛고 버티는 발등의 두께로 기억될 것이다

　마마 마마
　까만 밤 수직의 세계 속으로 휘어져 들어오는 허리
가 긴 슬픔
　숨이 빠져나간 자리가 오래도록 환하던

　마마 마마
　우리는 더운 숨을 식혀 가며 탁성으로 울었다

달빛이 어룽거리는 창으로 슬픔이 새어 나가지 않
도록 조심하면서

패키지 투어

줄이 달린 헬멧을 쓰면 바닷속을 걸을 수 있어요
우리는 다이버들의 손을 잡고
준비 운동도 없이 물속으로 들어갑니다

수심이 깊어질수록 귀가 먹먹해지네요
속이 울렁거리고 가슴이 답답해져요
그러나 바닷물은 목에서 찰랑거릴 뿐
턱 위로 올라오지 않아요

겁 먹은 표정을 애써 숨길 필요는 없어요
조금 더 솔직해져요 우리
서로에 대한 감정으로부터 멀리 떨어져 있는
지금을 마음껏 즐겨 봐요

기대하는 마음을 내려놓으면 잠시
감옥에서 벗어나 숨을 쉴 수 있잖아요

음— 파— 음— 파—

우리는 숨쉬기를 다시 배우고
음파— 음파—
서로의 눈을 바라보며 손가락 하트를 날려요

다이버가 죽은 산호 위에 푸른 별 모양 불가사리를
올리면
스크린 세이버 같은 풍경이 완성되지요
그러나 바닷속에서
우리는 모든 것을 보며 아무것도 보지 않아요*
신은 가끔 초심자에게도
물고기들의 먹이통을 들려 주지만요

그림자 몰래 잠시 걸을 수 있는 곳
중력을 거스를 수 있어 즐거운
여기는 세부랍니다

* 토마스 트란스트뢰메르의 「작은 잎」에서.

역류성식도염

돌아왔군요 당신,
주름진 그늘을 걸쳐 입고서

이제 나의 상태는 잠시 아픔 모드로 전환해 둡니다
내가 떠날 때는 당신도 그러시면 좋겠습니다

너무 긴 아픔은 말고 봄 햇살에
아른거리는 아지랑이 같은 통증이기를
이제 막 꽃대를 밀어 올리기 시작한
산수유나무의 옆구리에 돋아난 간지럼이기를

보고 있나요 당신,
예고 없이 찾아온 당신처럼 비가 내려요
3월의 크리스마스트리 공장에도 비가 내리네요

목덜미를 움츠린 채 비를 맞는 트리들은 표정이 없
어요
날개 하나를 잃어버린 잿빛 천사의 뿔나팔 소리만

우산도 없이 걷고 있는 이들의 옷깃을 파고드네요

나는 부르튼 입술을 오므려 어떤 모음을 만들고 있
어요
거대한 주름상자 속을 걷고 있어요
바람 한번 지나고 나면 모든 소리가
계면조로 바뀌는 기이한 풀무 속을 지나고 있어요

눈동자가 사라진 회색 눈사람이
잠시 모자를 벗어 인사를 건네는 봄밤이에요
메리 크리스마스!

지상에 떨어진 별들이 빗물에 섞여
하수구로 흘러가고 있네요
자신의 이름을 울대에 새긴 비둘기 한 마리
젖은 날개를 펴고 있어요

잘 가요, 당신은 이런 일에 익숙하지요

플롯 연습

1

불도 켜지 않은 얼굴들이
네모난 식탁에 둘러앉아 밥을 먹는다
아이는 하나인데
넷 중에 둘은 발이 바닥에 닿지 않는다

공중에 뜬 발바닥들이
옴팍해진 마음을 서로에게 내보인다
조금 더 무심해지라는 듯
눈맞춤도 없이 침묵을 흔든다

어떤 관계는 그것을 생각하는 것만으로도 테두리
에 실금이 생긴다
밥그릇을 먼저 비우는 사람이 가장 외로운 사람일
수 있다

2

어제보다 태양에 더 가까워졌지만 밤은 점점 길어

지고 있다

앞뒤가 맞지 않는 이야기에 서스펜스를 입히려 하
지만
나는 번번이 감정 조절에 실패한다

서술자를 신뢰하기 힘든 상황이 이어진다

신이 창조했지만 신조차 예상하지 못했던 전개가
있다
그 순간이 찾아오면 모든 것은 그냥 캐릭터에 맡겨
야 할까

3
슬픔은 어떻게 이야기가 되는가
아무래도 나는 이 의자에 계속 앉아 있어야 할 것
같다

5부

아름다운 오만

먼 시간에 대한 반응

하나의 세계가 지나가도
질문이 뒤따라오고 있다고 느끼는 순간이 있다

그때 불현듯 현재는 미래가 될 수 있을까

그러나 돌아갈 수 없다
되돌아갈 수 없다
그 책장을 넘기기 전의 나로는

얼굴

순식간에 눈가의 주름이 사라지는 걸 본다
입꼬리가 받쳐 든 골 깊은 두 개의 능선이
사라진다, 눈 깜짝할 사이에,

벽은 완강하지만 말은 살아 있다
수천수만 번의 찡그림으로 완성된 굴곡들

눈매가 깊어질수록 눈과 눈썹은 가까워지고
사람과 사람 사이는 멀어져 간다

긴 정적을 남기며 바이탈 사인이 멈춘다
의사는 그가 남긴 단말마의 시간을 기록한다

주름이 사라지자 얼굴에 고여 있던
말들이 갈 곳을 몰라 헤매고 있다

간호사가 그의 입 속에 틀니를 끼운다
말들이 흘러내리는 그의 마지막 얼굴에

하얀 끈을 동여맨다

턱 끝에서 나비 리본 하나가 만들어진다

얼굴 하나가 완성되려면
얼마나 많은 침묵을 견뎌야 할까

외로운 사람은, 또한 신비롭다*

* 고트프리트 벤, 「외로운 사람은」에서.

아름다운 오만
—오이디푸스에게

신이 인간을 창조한 진짜 이유가 우리에게 고통을 주고 그걸 견뎌내는 각자의 방식을 보기 위함이라는 생각이 떠나지 않을 때

나약한 믿음이 우리를 구원할 수는 없지만 그럼에도 내일의 나를 인정하고 싶은 그 무모함이 우리를 살게 하는 거라고 믿게 될 때

오이디푸스여, 심연 속에서 죽음을 살기 위해 스스로 제 눈을 찔러 삼세를 동시에 조롱한 자여! 부은 발등으로 자신의 관을 짊어지고 눈을 감은 채 햇빛 속으로 걸어간 자여!

오이디푸스여, 절뚝이는 영혼의 부축을 받으며 우리는 이 광활한 우주 속에서 겨우 인간으로 살아남았구나

영원에 대한 덧없는 믿음을 지팡이 삼아 앞이 보이지

않는 내일을 향해 한 발짝 더 내딛으며 그렇게 미완의
어제로부터 매일매일 아프게 도망가고 있구나

'어긋남의 리듬'으로, 사라지는 당신과 함께

김수이(문학평론가)

1. 불안은 온몸을 잠식한다

휘민의 시는 "불안과 피곤이 교차하는 사이"(「이상한 나라의 앨리스에게」, 『생일 꽃바구니』, 서정시학, 2006)에서 시작되었다. 불안과 피곤은 들숨과 날숨처럼 휘민의 몸과 마음을 관통한다. 신산한 가족사와 고달픈 생활, 붕괴된 삶의 믿음 등이 가져온 증상이다. 첫 시집 『생일 꽃바구니』에서 휘민은 "상처 아닌 곳이 없"는, "온몸이 뜯기고 긁힌 자국들"(「밥주걱」)로 가득한 여성들의 쓰라린 삶을 주로 받아썼다. 이 내력의 끝에 자리한 이는 그녀 자신이며 우리 모두이다. "겹주름이 사방연속 무늬처럼 이어진/저 비리고 캄캄한 구멍이/나와 너 그리고 세상이 일어선 곳이다"(「그녀의 바닥」). 그 서사의 굵은 줄기 하나. "아홉 자식 낳느라 스물다섯 해 동안/자궁이 부풀어" "출산기계"로 살았던 할머니의 가슴속 "고통의 영지"(「늙은 버드나무」)는 풍경만 달리하며 어머니에게, 또 그 딸인 '나'에게 대물림된다. 고통의 뿌리와 배경에는 '가난하고 무정하며 일찍 치매에 걸린 아버지(/남편)'가 있다. 폭력의 피해와 가해의 위치를 교묘히 뒤섞는 가부장제의 주연이자 상징인. 이로 인해 휘민의 성장기는 한국 사회 곳곳에서 질기게 이어진 전근대적 가부장제의 어두운 드라마가 되곤 했다. "노망든 할아 버지가 일터에서 돌아온/아버지를 장죽으로 후려치는 밤/어머니는 샘가에 앉아 서걱서걱 칼을 가"는 "그 비린 내 나는 날들"(「칼」). 단, 여기서 어머니가 가는 칼은 식구 들을 먹이기 위해 고등어와 감자를 자르는 '생존'의 칼이 며 '생명'의 칼이다.

첫 시집에서 휘민은 생존의 "비린내 나는 날들"에서 벗어나려는 노력이 살기 위한 몸부림의 '비린내'를 더 짙 게 뿜어내는 일임을 쓰라리게 확인한다. 자신의 아버지 에게 배운 대로 행할 뿐 자신이 무엇을 행하는지 알지 못하는 아버지, 무조건 견디고 희생하면서 그 모진 일을 짐짓 딸에게 강요하는 어머니, 부당함을 알면서도 부모 를 거역하지 못하는 딸. 이 억압의 구도는 휘민이 성인이 되어 편입한 사회에서도 똑같이, 심지어 더 치밀하게 반 복된다. 마이너 방송국의 3분 30초 도서 칼럼니스트, 비 정규직, 사무원 등을 전전하는 마이너-생활자는 갖은 곤욕 속에 비린내 펄펄 나는 "궁벽한 세상의 뒤란"(「생 일 꽃바구니」)을 떠돈다. 그러나 반전. 휘민은 살아 있는 존재만이 '삶의 비린내'를 뿜어낸다는 사실-진실을 발견한다. 삶의 비린내는 살아 있음의 증거이며, 삶 자체가 발산하는 체취이다. 삶의 비린내에 대한 혐오에서 출발해 그 필연의 긍정에 이른 것은 휘민의 첫 시집이 거둔 소중한 결실이었다. "비린내를 최초로 인식한 그 순간이 시인으로 살아갈 내 존재 방식을 결정지은 순간이 아닐까 한다."[1] "남달리 후각이 예민한 편"이라는 휘민은 '삶의 비린내'가 자신이 시인으로 살아가게 된 중요한 계기였다고 말한다.

감정은 인식보다, 감각은 지각知覺보다 더 강력하고 자율적이며 원초적이다. 한마디로, 인간이 마음대로 처리할 수 없는 무엇이다. 첫 시집 이후 12년 만에 펴낸 두 번째 시집 『온전히 나일 수도 당신일 수도』(문학수첩, 2018)에서 휘민은 '불안'과 '생활'의 흡착력이 훨씬 강해졌음을 토로한다. "혈관 속을 파고들며 온몸을/잠식해가는 불안이라는 이름의 더듬이//걸을 때마다 발바닥에 생활이 달라붙었다"(「프롤로그—거머리와 함께 여행하는 법 1」). '나'의 온몸을 잠식하는 불안과 발바닥에 끈질기게 달라붙는 생활의 피로 속에 휘민은, "태어남이 내겐 모독이었다"(「모독」)라며 삶을 극렬히 부정하기에 이른다. 그녀의 생활을 점령한 "불안한 평온"과 "긴 침묵의 시간들"은 역사적 중량과 계보를 지니고 있기에, 휘민이 감당할 수 있는 개인의 몫을 초과하는 까닭이다.

---

1 휘민 산문, 「'멀티'라는 그물 찢기」, 『생일 꽃바구니』, 서정시학, 2006, 124쪽.

이 '짓눌린 역사'의 은폐된 주인공은 "엄마, 너무나 많은 빛을 품었지만/온몸이 구멍이었던 당신"(「밀」)들, 즉 사랑과 고난, 헌신과 핍박 등 극단의 모순을 온몸으로 살아내야 했던 이들이다. 빛-구멍의 온몸을 지닌 엄마-당신들은 '나'의 온몸에 똑같이 빛-구멍의 형태로 내재한다. 이제 휘민에게 시를 쓴다는 것은, "끓어오르는 불안을 잠재우기 위해/어둠 속에 환한 구멍을 뚫"(「직소퍼즐을 맞추며」)는 내적 굴착의 작업이 된다. 존재 차원의 빛-구멍을 생성하는 일이 휘민 시의 핵심 과업이 된 것이다. "엇박자로 덜컹거리는 심장"(「체류」)을 지닌 휘민이 자신의 내부에 뚫는 환한 빛-구멍은 '숨통'의 은유이기도 하다. "산다는 건/누구나 자기 몫의 어둠을 길들이는 일/슬픔의 모서리를 숨통처럼 둥글게/둥글게 깎아내는 일/몸속을 돌아 나온 더운 피로/숨결인 듯 눈물인 듯/붉은 꽃을 피우는 일"(「숨은 꽃」). 휘민이 피우는 '숨은 꽃'은 숨어 피는 꽃인 '은화隱花'이자, 살아 있는 각자의 숨이 곧 꽃이라는 '숨꽃'을 중층적으로 의미한다. 어두운 몸속의 빛-구멍(숨통)을 돌아 나온 더운 피로 피워낸 불안한 '숨결'과 피로한 '눈물'의 '붉은 꽃'이, 휘민의 삶의 날들이며 시의 말들인 것이다.

2. 이것은 불안일까, 고투일까

근본적으로 시는 문학의 장르이기 전에 존재의 장르이며 삶의 장르이다.[2] 존재와 삶의 미묘하고 끊임없는 파동은 시인에 의해 관찰되는 순간 '시'의 입자로 붕괴한다. '당신'도 미미한 파동으로 존재하다가 '나'에 의해 관찰되는 순간 불현듯 내 앞에 선명한 얼굴로 출현한다. 파동과 입자, 에너지와 물질, 무형과 유형, 비가시와 가시, 무의미와 의미 등을 넘나드는 이 과정의 잘 알려진, 동시에 덜 알려진 명칭은 '사랑'이다. 사랑이 탄생하기 위해서는 적어도 두 존재가 필요하다. 사랑하는 이와 사랑받는 이. 물론 한 존재가 두 역할을 나누어 가질 때도 있다. 그런데 아무리 관찰해도, 사랑해도 삶과 시와 당신이 내 앞에 확연한 실물로 나타나지 않는다면? 혹은 내가 관찰하는─사랑하는 대상이 끝내 아무도, 아무것도 없는 "빈 페이지의 적요"(「손쓸 수 없는 아름다움」)라면?

휘민은 세 번째가 되는 이번 시집의 서문에서 "한 사람이 지나간 뒤에야 나는/그의 눈빛을 기억해내려 애썼다"라고 쓴다. "순간의 현재성으로부터 매번 미끄러지던 어리석은 질문들"과 "삶이라는 생생한 현재에 닿지 못한", "뒤늦은 변명처럼 원문에도 없는 주석"('시인의 말')이 자신의 시의 정체이고 실체이며 요체라는 것이다. 실제로 이번 시집에서 휘민은 '생생한 현재성'과 '당신'을

---

2 비슷한 맥락에서 옥타비오 파스도 이렇게 말한 바 있다. "시편은 단순한 문학적 형식이 아니라 시와 인간이 만나는 장소이다."(옥타비오 파스, 김홍근·김은중 옮김, 『활과 리라』, 솔, 1998, 15쪽)

(어쩌면 처음부터) 잃어버린 '나'의 존재와 삶을 거듭 애도한다. 시차, 어긋남, 미달, 뒤늦음, 결여, 누락 등은 휘민이 그간 경험해 온 상실의 형식이자 애도의 형식이다. 이 '어긋남'의 육체적 발현이라고 할 수 있는 '엇박자로 덜컹거리는 심장'은, 휘민에게 신체의 특이성과 더불어 마음의 독특한 작용 방식을 의미한다. 휘민의 '불안'은 어긋나 덜컹거리는 바로 이 지점에서 솟아나고 넘쳐흐른다. 즉 휘민의 불안은 존재와 삶의 끝없는 '어긋남'으로부터 발생하고, '어긋남'의 사태와 사건으로 경험되며, '어긋남'의 언어들로 가까스로 서술된다. 당신과 나, '삶'의 생생한 현재와 '나'의 삶의 희미한 현재, 시의 원문을 쓰고 싶은 '나'와 주석뿐인 시만 쓰고 있는 '나' 등 어긋남의 목록은 쉽게 끝나지 않는다. 목록이 늘어날수록 불안도 늘어나는데, 이번 시집에 '불안'이라는 시어가 열네 번이나 출현하는 것은 단순한 우연일 수 없다. "자일인 줄 알았는데 내가 절벽 끝에 걸어 둔 것은/불안의 사슬이었나"(「헬리콥터」), "앞니로 불안을 깨무는 아이처럼 풋잠은 자주 흔들렸고 불안을 부추기는 숨결을 견딜 수 없어 나는 창문을 등지고 돌아누웠다/ (……) /꿈을 꾸지 않아서 불안한 날들이 계속되고 있다"(「테트리스」), "당신이 떠나던 날 썰물 속에 마음을 놓아 버려 나는 온전히 젖지도 가라앉지도 못하는데 불안은 왜 밤의 한가

운데로 흐르고 나는 같은 색깔의 벽만 바라보고 있을
까"(「백미리에서」) 등.

   그렇다면, 삶의 총체적인 어긋남의 사태 속에서 휘민
이 관찰하는-사랑하는 '응시'의 시선은 무엇을 향해 있
을까? 명료한 의미와 설명을 거부하는 듯한 이 시집의
첫 시에서 휘민은 모호한 풍경으로 그것을 암시한다. 죽
어 가고 사라지는, 아름답고 텅 비어 있는 것들. 다시 말
해, 살아 있는/있던 것들. 휘민에 의하면, 그녀가 오랫동
안 응시한-사랑한 대상은 그녀 곁에 잠시 존재하던 것
들과 그것들이 사라진(살아진) "빈 페이지의 적요"였다.
그리하여 그녀에게는 지금, 사라져 간(살아져 간) 존재
들을 잠시 "더듬어 보았"던 흔적인 "물비린내만 남"아
있다.

       가만히 손을 뻗어 사선으로 기울어지는
       미끄러운 슬픔의 뼈대를 더듬어 보았다

       (그사이 백합들은 제 목을 비틀어 마지막 향기를 토해
       내고 있었다)

       아름다웠다

162

내가 오랫동안 응시했던

빈 페이지의 적요를 넘기려는 듯

개의 목줄이 다시 팽팽해졌다

어느새 흰빛은 사라지고

손바닥엔 물비린내만 남았다

　　　　　　　　　－「손쓸 수 없는 아름다움」 부분

　휘민에게 삶은, 살아 있는 존재들은 "손쓸 수 없는" 무
엇이며, 생생한 현재형의 실물로 마주하고 포착할 수 없
는 무엇이다. 휘민은 이 '방법 없음'의 불가능성을 받아
들이고 무능을 자인하는 것이 최선의 삶의 윤리이며 시
의 윤리라고 생각한다. 손바닥에 남은, 살아 있는/있던
것들의 '물비린내'만 뒤늦게 확인하는 방식으로 말이다.
그런데 삶의 어긋난 시차들 혹은 삶이라는 본질적 어
긋남의 사태에 처한 '무능한' 시인에게는 가없이 허락된
향유와 보상이 있다. 이 시의 제목에 명시된 '아름다움'
이 그것이다. 아름다움은 "손쓸 수 없는" 것, '불가능성'
과 '무능'의 방식으로 체험되는 것, 상실과 슬픔뿐인 존
재가―어쩌면 이렇게 가난한 실존을 살아내는 존재일
수록―더 많이 더 깊이 누릴 수 있는 기이한 축복과 같
은 것이다. 아름다움은 어떤 것과 '나'와의 불가해한 거

리 속에서 발생한다. 고통이 터져 나오는 지점과 구별하기 어려운, 어긋난 거리와 "엇박자의 리듬" 속에서 생성된다. 다른 점이 있다면, 아름다움이 '나'의 자아를 사로잡아 사라지게 하는 반면, 고통은 '나'를 사로잡아 극대화하는 것이다. 아름다움과 고통이 얼마나 자주, 얼마나 빨리 서로 몸을 바꾸는지 누군가/무엇인가 사라지는 것을 단 한 번이라도 경험한 자들, 다시 말해 지금 여기에 살아 있는 우리는 이미 잘 알고 있다.

휘민은 삶의 어긋남을 넘어, 어긋남의 방식으로 펼쳐지는 삶의 아름답고 고통스러운 날들에 관해 담담히 진술한다. "누군가 엇박자의 리듬을 내 몸에 전송하고 있다// (……) //거칠어지는 들숨과 날숨 사이로/내가 읽지 못하는 우주의 문자인 듯/무심히 시절 하나 흘려보낸다//오늘 밤 또 당신이 나를 다녀간다"(「부정맥」). 그런데 "엇박자의 리듬" 자체가 잘못된 것은 아니다. 모든 존재와 삶의 리듬이 반드시 정박자여야 할 필요나 필연성도 없다. 문제는 '당신의 엇박자'와 '나의 엇박자'가 제각기 "떨어짐, 끼임, 깔림, 뒤집힘, 잘림,/……" 등을 "주기도 없이 반복"하면서 "비非, 미未, 불不, 부不, 무無 등의 "본말이 사라진 부정접두사의 세계"(「드림렌즈」)를 증폭하는 데 있다. 휘민이 원문 없는 주석뿐인 시를 쓸 수밖에 없는 이유가 여기서 분명해진다. "본말이 사라진 부정접두사의 세계" 혹은 주석만으로 이루어진 시는, "불리지 않는 이름과 눌리지 않는 숫자들만 가득한/이 세계"에서 "거짓이 아니어서 아름다울 수 있는 말들"(「드림렌즈」)이 존재하고 발화될 수 있는 유일한 형식이다. 휘민이 '당신'과 현재형으로 만날 수 없었던 결정적인 이유도 바로 이것에 있다. 당신의 "엇박자의 리듬이/전율처럼 나에게 옮아왔다고 믿"은 탓에 그 리듬에 맞춰 내 "울음주머니를 한껏 부풀리느라" "당신을 앞에 두고도 제대로 볼 수 없었다"는 것. 오인이 낳은 사랑(?)과, 당신과 나의 어긋난 눈길이 불러온 관계의 균열. "비非, 미未, 불不, 부不, 무無" 등의 "본말이 사라진 부정접두사의 세계"에서 구조적으로 비껴갈 수밖에 없는 당신과 나의 존재의 리듬과 생의 리듬.

> 처음엔 당신의 눈빛 속에서 떨고 있는 엇박자의 리듬이
> 전율처럼 나에게 옮아왔다고 믿었어요
> 그게 사랑인 줄 알았어요
> 하지만 울음주머니를 한껏 부풀리느라 나는
> 당신을 앞에 두고도 제대로 볼 수 없었지요
> —「상고대」부분

구멍이 뚫린 채 마주 보던

두 개의 마음자리를 알고 있다

우리는 몇 번인가 서로의 심장 속으로 경첩을 떨어뜨렸
지만

당신도 나도 아직 날개를 가져 보지 못했다

　　　　　　　　　　　　　　　　　－「팝업 하우스」 부분

휘민에게 '당신'은 아버지, 어머니, 언니, 그('남편'도 포
함하는데, 휘민은 거의 의식적으로 '남편'이라는 단어를
사용하지 않는다.), 아이들, 주변 사람들 등을 가리킨다.
더 넓게는, "불탄 집"의 "베란다에서 숨진 채 발견된" "발
달장애가 있는 열다섯 살 소년"(「평일의 슬픔」), 불광천
근처 연립주택에 살다 세상을 떠난 청년 대필 작가(「고
스트라이터」), "그 포탄에 제 숨이 끊어진 줄도 모르고"
"붉은 포탄에 달라붙은 만삭의 세월을 따"는 수십 년
전 학살당한 매향리의 '어미'(「매향리 바다」) 등 사회와
역사의 비극에 희생된 선량한 인물들을 아우른다. 물론
전자와 후자는 개인적 차원과 사회적 차원, 직접 만남과
간접 접촉, 실제 듣기와 상상적 듣기, 소통의 불가능성
과 재현의 불가능성 등의 차이를 갖는다. 휘민은 이 많
은 '당신'들이 자신에게 남긴 삶의 '비린내'와 미세한 '어
긋남'들을 시에 기록하기 위해 몰두한다. 더 정확히 말
하면, '당신'들의 생생한 '비린내'와 '당신'들과의 무수한

'어긋남'을 뒤늦게, 그러나 최대한 원본에 가깝게 필사하는 일이 '불안한 고투'로서의 휘민의 시 쓰기이며 삶의 이행 방식이다. 말할 것도 없이, 또한 아이러니하게도 이 극복할 수 없는 시차 속에서 휘민이 꿈꾸는 것은 사랑의 온전한 실현이며 '당신'과의 온전한 만남이다. "사건을 쪼개고 쪼개서/영에 가까워질 만큼 작아지면/서로에게 가닿을 수 있을까"(「미분」).

아주 작은 움직임도 예민하게 감지해야 하는 시적 필사筆寫/必死의 과업을 수행하기 위해 휘민은 '쓰는 자'인 자신의 윤리를 끊임없이 심문한다. '나'라는 "서술자를 신뢰하기 힘든 상황이 이어진다"(「플롯 연습」), "관점을 바꾸어도 진심이 잡히지 않는다면 나는 화자이길 포기해야 할까"(「나를 지켜보는 나」). 냉정한 진단과 회의 속에서 가령 휘민은 "[폐업 개인 사정]"이라는 짧은 안내 문구에서 타인의 고통과 그 "고통의 임계점에서, 등줄기에 솟아난, 철조망 같은" "세상의 슬픔"을, 우리 시대의 가혹한 언어를 읽어낸다. 동시에, 그러한 자신을 깊숙이 헤집어 '나'의 것으로 완전히 흡수할 수 없는 '당신'의 고통을 아프게 재발견한다.

어제는 자주 가던 식당을 지나치다가
[폐업 개인 사정]을 보았다

더 이상, 이라는 말, 고통의 임계점에서, 등줄기에 솟아
난, 철조망 같은,

마스크 속에서 한 시대가 지워져도
세상의 슬픔은 모두 개인 사정
간절히 손을 내밀어도
번번이 놓쳐 버리는 믿음이 있다

                                        —「무심천」 부분

방 안 깊숙이 달빛이 걸어 들어와 있었다
죽은 사람이 되살아나고 있었다
굳어 있던 몸에서 새살이 돋아나고
하품을 하며 깨어난 당신의 가슴에
얼굴을 묻고 흐느껴 우는 내가 있었다

누가 나의 잠 귀퉁이를 흔들어 당신에게 데려갔을까
암실 속으로 들어와 닻을 내린 한 줄기 빛을
망연히 바라보다가 나는 한밤중에
무릎을 껴안고 중력을 달래는 사람이 된다

짐승 같은 잠 속에 빠져
두 눈을 잃어버린 당신은 달의 뒤편에서

사나운 어둠을 길들이고 있는 사람
홀로 노를 저어 망망대해를 건너가려는 사람

활이 지나간 자리였을까
달빛에 베인 상처였을까

나는 한동안 당신을 생각하느라 어두워진 갈비뼈를
더듬는다
울림통이 된 몸에서 더 이상 어둠이 새어 나가지 않도록
가만가만 창가로 다가가 커튼 자락을 여민다

그러나 살갗을 파고드는 먹물처럼
그림자를 지워도 사라지지 않을 마음의 얼룩
                                    ─「첼로」 부분

'나'는 당신의 고통과 당신을 잃은 나의 고통을 함께
앓는다. 당신 역시 당신의 당신을 잃은 고통을 앓고 있
다. 이 고통들은 아무리 나누어 가지려 해도 각자의 몫
이 남아서, "살갗을 파고드는 먹물처럼/그림자를 지워
도 사라지지 않을 마음의 얼룩"으로 '나'에게 각인되어
있다. 당신에게도 마찬가지일 것이다. "아무도 구하러 오
지 않을 거야."(「수목한계선」), "이번 생은 누가 꾸고 있는

악몽일까"(「라이브 플러킹」). 고독한 중얼거림 속에 휘민은 세계에 대한 비관적인 인식을 드러낸다. "봄에 대해 말하고 싶지만" "팬데믹의 시간"(「겨울 다음에 오는 것—투병기」)은 완전히 끝나지 않았고, "이 행성의 씨앗들은 날마다 자살을 파종하고 있"(「라운드업 레디」)으며, 우리 문명의 "전조등은 언제나 불안의 방향으로 켜져 있"(「견인」)고, "응답 없는 너의 시간은 언제나 미지"여서 "해석이 유보된 채 고통은 미래를 향해 열려 있"(「미분」)기 때문이다. 상황의 어려움은 몇 겹으로, 안팎으로 중첩되어 있다. 성장기에 "늘 괜찮은 척했"(「비밀의 책」)던 '나'는 "맨발로 콜타르 같은 어둠을 밟으며" "쉴 새 없이 칼날 같은 벼랑을 토해내"던 "수십 년도 더 지난 어느 겨울밤의 이야기"(「잠복기」)를 아직도 끝내지 못했다. 아버지는 세상을 떠나셨고, 존재의 빛—구멍을 찬란히 열어 보여 주던 어머니는 지금 "요양병원 침상"에서 "호밋자루 놓아 버린 빈손으로 밤마다 허공 밭을 일구"면서 "자궁 밑바닥에 남아 있던 울음을 녹여 무꽃을 피우"고 "빈 밥그릇에 봄빛을 살라 놓"(「장다리 끝에 매달린 여린 꽃 하나 보자고」)고 계신다.

　휘민은 상황이 좋아지지 않아도, 현실이 나아지지 않아도 절대 굴하지 않고 계속해서 앞으로 나아가겠다는 의지를 강하게 피력한다. 심지어, 자신의 삶과 우리 세계

의 "새로운 고통의 영지를 찾아서" "심장에 뚫린 바람구
멍을 거꾸로 선 비늘로 가린 채/오체투지로 나아가"겠
다고 선언한다. 휘민이 생각하는, 이 사람에게 꼭 알맞은
단 하나의 이름은 '시인'이다.

> 갈라진 혓바닥을 운전대 삼아
> 다리도 없이 나무를 기어오른다
>
> 갈비뼈 사이에 부풀어 오르는 고독을 눌러 가두고
> 온몸이 글자가 되어 공중으로 몸을 던진다
>
> 미혹과 방황 너머
> 새로운 고통의 영지를 찾아서
>
> 오직 몸을 구부렸다 펴는 힘줄의 의지로
> 절망의 순간을 품에 안는다
>
> 심장에 뚫린 바람구멍을 거꾸로 선 비늘로 가린 채
> 오체투지로 나아간다
>
> — 「시인」 부분

3. 연필에 침을 묻혀 쓰는 '당신'과 '나'의 어긋 (난 만)남

휘민의 이번 시집에는 수목한계선, 본초자오선, 수평선, 날짜변경선 등 다양한 생태 혹은 인위적 경계선들과 중력, 수압, 시차 등의 다양한 물리적 개념들이 등장한다. 부정맥, 역류성식도염, 이코노미클래스증후군, 유방의 종양 등 여러 질병의 명칭도 눈에 띈다. 이들은 모두 휘민에게 유한한 존재의 한계를 자각하게 하고, 그 한계로부터 자유로워지고자 하는 열망을 갖게 하는 계기로 작용한다. 불안이 고조될수록 이 한계들은 더 선명히 각성된다. 하지만 휘민에게는 불안과 한계에서 자유로운 드문 시간과 장소가 존재한다. 유년기 고향에서 누린 따뜻하고 충만했던 기억 속에 보존되어 있는 시간과 장소다. 한 예로, 시 「눈사람과 몽당비」는 눈 내리던 어느 겨울날 '아버지'와 함께한 환하고 포근한 추억을 행복하게 그린다. "해거리하는 늙은 감나무에 눈송이 내려앉으면 온 세상 잘 타 놓은 햇솜처럼 폭신폭신했지. 장독대의 금 간 항아리들도 목련 꽃송이처럼 활짝 피어서 온밤 내 뒤뜰이 봄 언덕처럼 환했네.// (……) //싸르락싸르락 아버지의 비질 소리. 그 소리 놓칠까 봐 창문이 훤해도 눈을 못 뜨겠네. 현관 밖에 몽당비 한 자루 서 있을까 봐 눈 그치고 날 저물어도 문을 못 열겠네." 이 시에서 '나'가 차마 "눈을 못 뜨"고 "문을 못 여"는 것은, 드물게 온전하고 자유로운 삶의 시간과 장소를 내면에 계속 살아 있게 하기 위한 간절함을 보여 준다. 이와 함께 휘민의 불안이 해소되는 또 하나의 계기는 뜻밖에도 일상의 사소한 일들에 있다. "추분에는 작은방 창문의 청색 테이프를 뜯었다/점성을 잃어버린 불안의 오라기가 뚝뚝 끊어져 내렸다"(「스크래치」). 둘 사이에 인과 관계가 없음에도, 밀봉되어 열 수 없던 창문의 한계를 "청색 테이프를 뜯"어 제거하는 일은 불안이 "뚝뚝 끊어져" 스러지는 일로 전이된다.

휘민은 유년과 현재, 고향과 지금 여기의 두 시공간을 아버지와 아이와의 만남을 통해, 또한 이 만남에 필히 깃들여 있는 '엇박자'를 통해 연결한다. 예컨대 아버지가 "흑연 기둥에 단내를 묻혀 가며" 한자로 이름을 써 주던 일을, 아이가 쓴 일기에 덧붙여 '엄마'인 자신의 속내를 "연필 끝에 침을 묻혀" 기록하는 일로 변주하는 것이다.

학교 문턱에도 못 가 본 아버지가 외양간에서 거름을 내다 말고 막내딸에게 불려 온다 흑연 기둥에 단내를 묻혀 가며 꾹꾹 당신의 이름을 한자로 써 준다 (중략)

당신이 닿으려 했던 하늘은 무슨 빛깔이었을까

눈에 담기도 전에 곧장 뼛속으로 파고드는
자신의 그림자를 볼 수 없는 청맹의 문자들

그렇게 두드려도 열리지 않던 문이
사십 년을 번뜩 지난 오늘
쇠스랑 같은 질문이 되어 돌아온다

뭉툭해진 연필심에 침을 묻혀 당신을 읽어 본다
혀끝에 남은 고독한 짐승의 잔향
                                        ─「견갑」부분

셔틀콕이 바닥에 내려왔다. 결국은 엄마의 승리였다.
  ─그러나 날개가 없는 나는 나무늘보처럼 늘어져 나
무에서 내려오지 못했다.

  나는 느티나무와 씨름하는 엄마가 스모 선수 같다고
생각했다.
  ─자기 몸의 줄무늬를 세다 기린에게 들킨 얼룩말의
기분 연필 끝에 침을 묻혀 내 것이 아닌 감정을 기록해 두
기로 한다.
  ─「아무것도 기록하고 싶지 않았던 아무 날의 일기─
                                옮긴이의 말」부분

인물과 배경만 달리하며 정확히 상응하는 이 두 장면은 뭉클하기도 하거니와, 시사하는 바가 크다. 휘민은 피를 나눈 육친 사이에도 예외 없이 존재하는 '어긋남'을, 서술자가 지닌 일방향의 한계를 무너뜨리고 당신에게 더 가까이 다가가 당신을 더 깊이 경청하는 역설적인 추진력으로 삼는다. 휘민이 '비린내'라고 이름 붙인 바 있는 "고독한 짐승의 잔향"은 "혀끝에 남"아 누대에 걸쳐 계승되며, 끝내 당신과 어긋나는 방식으로 당신을 어루만지고 사랑하는 불완전 연소의 에너지가 된다. "인간 본연의 힘은 오롯이 혼자 있을 수 있는 능력이 있을 때 발휘된다."[3]라고 할 때, 휘민이 천착하는 '어긋남'은 '오롯이 혼자 있음'의 능력과 '함께함'의 능력을 모두 요구하는 '사랑'의 다른 이름임을 이제 우리는 알게 되었다. '삶'의 다른 이름이라고 해도 좋을 사랑. 그러니까 예측할 수 없고 피할 수도 없는 우리의 모든 어긋남.

---

3   김단, 『관계력』, 클레이하우스, 2023, 43쪽.

중력을 달래는 사람

2023년 11월 20일 1판 1쇄 펴냄
2024년 12월 12일 1판 2쇄 펴냄

지은이   휘민

펴낸이   김성규

편집   김안녕 한도연 강서영

디자인   신아영

펴낸곳   걷는사람

주소   경기도 용인시 기흥구 동백중앙로 358-6, 7층 (본사)

          서울 마포구 월드컵로16길 51 서교자이빌 304호 (지사)

전화   031 281 2602 / 02 323 2602

팩스   02 323 2603

등록   2016년 11월 18일 제25100-2016-000083호

ISBN 979-11-93412-10-7 04810

ISBN 979-11-89128-01-2 (세트)